KB245796

大中原
대중원

임영기 新무협 판타지 소설

FANTASTIC ORIENTAL HEROES

대중원 2

임영기 新무협 판타지 소설

초판 1쇄 찍은 날 § 2011년 2월 24일
초판 1쇄 펴낸 날 § 2011년 3월 2일

지은이 § 임영기
펴낸이 § 서경석

총괄팀장 § 유경화
편집 § 주소영

펴낸곳 § 도서출판 청어람
등록번호 § 제1081-1-89호
등록일자 § 1999. 5. 31
어람번호 § 제2-2054호

주소 § 경기도 부천시 원미구 심곡2동 163-2 서경B/D 3F (우) 420-822
전화 § 032-656-4452 팩스 § 032-656-4453
http://www.chungeoram.com
E-mail § chungeoram@chungeoram.com

ⓒ 임영기, 2011

ISBN 978-89-251-2442-1 04810
ISBN 978-89-251-2440-7 (세트)

※ 파본은 구입하신 서점에서 교환하여 드립니다.
※ 저자와 협의하여 인지를 붙이지 않습니다.
※ 이 책은 도서출판 청어람과 저작자의 계약에 의해 출판된 것이므로,
  무단 전재 및 유포·공유를 금합니다.

대중원 大中原

임영기 新무협 판타지 소설

F A N T A S T I C   O R I E N T A L   H E R O E S

2 조장 진검룡

도서출판 청람

目次

第十三章

소녀 같은 여인

大中原

"드르렁! 푸아아! 크카카아아!"

엄청나다고밖에는 표현할 수 없는 굉장한, 그러나 귀에 익은 코 고는 소리에 진검룡은 잠이 깼다.

낭랑의 코 고는 소리가 분명했다.

지난밤에 그녀는 자정이 넘을 때까지 무악네 주루에서 혼자 인사불성이 되도록 술을 마신 후에 거의 기다시피 진검룡의 별채로 들어와서 잠이 들었다.

그런데 진검룡은 그것을 몰랐다. 그도 술이 많이 취했기 때문이다.

그렇지만 경혼조원들하고 마신 것은 아니다. 낮에 여인이 별채에 차려준 식사에 술이 곁들여져 있었는데, 그걸 마시고 나서 술을 더 청해서 이 생각 저 생각하며 밤이 이슥할 때까지 마신 탓이다.

지금 진검룡은 평범한 삶을 살려고 노력하고 있는 중이다.

예전 청룡검대주 시절에는 금기시할 정도로 술을 멀리했으나 지금은 일부러 술을 즐기고 있었다.

그렇게 하는 것이 평범해지는 지름길 중의 하나라고 생각하기 때문이다. 어쩌면 그는 자신을 망가뜨리고 싶은 것인지도 모른다.

진검룡은 낭랑의 코 고는 소리가 들려오는 방문 쪽을 향해서 돌아누웠다.

그녀가 자꾸 이곳에 와서 자려고 하는 이유가 잘 곳이 없기 때문일 것이라는 생각이 들었다.

진원분타의 숙소는 대부분 남자들이 사용하고 있다. 아주 드물게 여자들도 머물고 있으나, 극심한 불편함과 그 이상의 것들을 감수해야만 한다.

우선 진원분타 숙소는 삼인일실(三人一室)이 규칙이라는 점이 여자들을 가장 불편하게 만들고 있다.

즉, 세 명이 한 방에서 생활해야 하는 것이다. 물론 잠도 한 방에서 자야만 한다.

문제는 사정이 여의치 않은 경우에는 남녀가 한 방에서 지낼 수밖에 없다는 것에 있다.

진원분타의 총인원은 삼백오십여 명이고, 그중에 여자가 육십여 명이다.

탈혼조처럼 여자가 세 명이 있는 경우는 그녀들 세 명이 숙소의 방 하나를 함께 사용하면 별문제가 없다.

그러나 한 조에 여자가 딱 세 명만 있는 경우는 매우 드물다. 대부분의 조가 그보다 많거나 혹은 적다.

그럴 때는 세 명보다 남거나 모자라는 여자가 남자들과 한 방을 사용할 수밖에 없는 것이 현실이다.

경혼조는 진검룡을 제외하면 총원 여섯 명이며 그중에 여자가 두 명이다.

진검룡은 분타 밖에서 숙식을 하기 때문에 경혼조원 여섯 명에게 할당된 숙소의 방은 두 개다.

방 하나는 와평과 장관웅, 동풍이 사용하고 있으며, 또 하나는 조제와 주소영이 쓰고 있다.

낭랑이 숙소 생활을 하려면 주소영하고 같은 방을 사용해야만 한다.

그런데 낭랑은 그것이 싫은 모양이다. 그녀와는 달리 주소영은 아무런 문제 없이 조제와 한 방을 사용하고 있다.

아니면 문제가 있고 많이 불편하더라도 꾹 참고 숙소 생활을 하고 있는 것일지도 모른다.

진원분타에 소속된 여자 무사, 즉 여무사(女武士)들의 선택은 두 가지뿐이다.

여러 가지 불편을 감수하면서 숙소에서 생활을 하느냐, 아니면 진원현 내에 따로 숙소를 마련하느냐는 것이다.

분타에서 제공하는 숙소는 무료다. 물론 세 끼 식사나 그 밖에 자신이 원할 때 언제든지 먹고 마실 수 있는 간식이나 술 따위도 전부 무료다.

하지만 진원현 내에서 숙소를 마련하려면 아무리 싸다고 해도 최소한 한 달에 열다섯 냥에서 스무 냥이 든다.

좀 더 좋은 숙소는 서른 냥 이상짜리도 있고, 그 위로도 한정이 없다.

구리돈 스무 냥이면 은자가 한 냥이다. 더구나 객잔에서는 식사를 제공하지 않는다. 식사를 하려면 따로 돈을 더 내야만 한다.

이런 시골구석까지 돈을 벌려고 온 하급 무사들이 비싼 숙박료를 지불하면서까지 객잔에서 생활하는 것은 사치다.

낭랑은 분타의 숙소에서 남자와 함께 생활하는 것이 싫고, 또 객잔에 쓸데없는 돈을 낭비하는 것도 싫은 듯했다.

그런데도 그녀는 술 마시는 돈은 아깝지 않은 모양이다. 어젯밤처럼 술을 마시면 최소한 두 냥에서 석 냥 정도가 드는데, 그걸 한 달 동안 모으면 객잔 생활을 하고도 남음이 있을 것이다.

그런데도 객잔 생활은 하지 않고 술을 마시고는 진검룡의 별채로 기어들어 와서 자고 있다.

"크카아아— 푸카카카! 드르렁!"

아무리 그렇더라도 별채가 통째로 무너질 것 같은 낭랑의 가공할 코골이는 더 이상 견딜 수가 없었다.

진검룡은 방문을 열고 마루로 나왔다. 과연 그의 짐작대로 마루에서 낭랑이 자고 있었는데, 자는 모습이 실로 가관이 아니다.

마루가 몹시 추운데도 팔다리를 활짝 벌린 채 상의는 젖가리개 중간까지 말려 올라갔고, 바지는 엉덩이에 반쯤 걸쳐져 있는 모습이다.

더구나 함지박처럼 크게 벌어진 입에서는 천둥소리를 방불케 하는 코골이가 끊이지 않고 터져 나왔다.

뿐인가 머리카락은 새둥지처럼 엉망으로 헝클어졌으며, 입에서는 숨을 내쉴 때마다 침이 흘러나오고 있었다. 게다가 입에서 지독한 술 냄새가 풍겨 나왔다.

낭랑이 반반하고 제법 예쁜 용모에 늘씬한 몸매의 소유자이긴 하지만, 어떤 자비로운 남자라고 해도 지금 이런 모습을 보면 넌더리를 치고 말 터이다.

상의가 걷어 올려진 덕분에 그녀의 옆구리 상처가 보였다.

뽀얗고 잘록한 옆구리에 손가락 한 마디 반 길이의 흉터에 꾸득꾸득 딱지가 앉아 있었다.

진검룡이 사문의 특수한 방법을 사용해서 진기로 치료하지 않았다면 딱지가 앉기는커녕 상처 때문에 움직이지도 못할 상황이었을 것이다.

더구나 둔부 아래쪽 허벅지 상처는 옆구리 상처보다 훨씬 더 깊고 심각했었다.

아무리 진검룡이 치료를 해서 위험한 고비를 넘겼다고 해도 최소한 열흘에서 보름은 정양을 해야 한다.

그런데도 그새를 못 참고 술을 퍼마시다니, 술을 어지간히 좋아하는 모양이다.

"음냐… 이 자식……."

그때 낭랑이 뭐라고 중얼거렸다. 밉다니까 업어달란다고, 이젠 잠꼬대까지 하는 것이다.

"너 진검룡, 이 자식아! 내 잠지하고 똥꼬 봤으니까 나 책임져! 알았어? 알았으면 대답을 해, 임마! 음냐리……."

허공에 주먹질을 해대는 실감나는 잠꼬대다. 그저께 밤에 치료를 하느라 진검룡에게 치부를 보여준 것이 얼마나 원통했으면 잠꼬대까지 하랴.

진검룡은 낭랑 머리맡에 한쪽 무릎을 꿇고 앉아서 혈도를 짚으려고 손가락을 세웠다.

벌떡!

"야, 이 자식아! 무슨 짓을 하는 거야?"

순간 낭랑이 상체를 벌떡 일으키면서 눈을 번쩍 뜨더니 두 팔로 진검룡의 목을 끌어안았다.

그 바람에 두 사람의 얼굴이 닿을 듯 말 듯 가까워졌다. 낭랑의 벌어진 입에서 지독한 술 냄새와 요리 냄새가 섞여서 마치 시궁창 같은 악취가 쏟아졌다.

진검룡은 움찔하며 그대로 굳어버렸다. 만약 낭랑이 적이었다면, 그래서 방금 전에 공격을 가했다면 그는 이미 죽은 목숨이다. 방심한 탓이다.

순간적으로 그는 어떻게 해야 할지 결정하지 못했다. 누구보다도 경험이 풍부한 그이지만 이런 이상한 상황을 겪어본 적은 없었다.

낭랑은 부릅뜨고 핏발이 곤두선, 그리고 눈곱이 덕지덕지 붙은 눈으로 진검룡을 무섭게 쏘아보고 있었다.

그러나 곧 그녀의 눈에서 초점이 사라지기 시작했다.

쿵!

그러더니 진검룡의 목에서 팔을 풀고는 그대로 바닥에 늘어져서 계속 코를 골며 자기 시작했다.

방금 그것 역시 잠꼬대의 연속이었던 것이다. 실로 무한대의 잠꼬대라고 할 수 있었다.

진검룡은 잠시 그녀를 굽어보다가 손을 뻗어 그녀의 목을 감싸 쥐듯이 잡았다. 흡사 목을 조르는 듯한 자세다.

그 상태에서 손에 미약한 진기를 일으켜 그녀의 목에 주입시켰다.

코골이는 목의 숨구멍이 좁아져서 호흡이 제대로 이루어지지 않기 때문에 발생하는 경우가 다반사다.

그래서 낭랑의 숨구멍, 즉 기도(氣道)를 넓혀서 코를 골지 않게 하려는 것이다.

부드러운 진기가 주입되자 낭랑의 기도가 차츰 넓어지고, 아울러서 코 고는 소리가 작아졌다.

기도를 영구히 넓히려면 꽤 오랜 시간 동안 치료를 해야만 한다.

그런데 진검룡은 당분간만 골지 않도록 조치를 취해두었다. 코를 계속 골든 말든 그녀가 이곳에서 자지 못하도록 하는 것이 선결 과제이기 때문이다.

그러나 낭랑은 여전히 작게 코를 골았다. 기도가 아니라 입과 코에서 나는 것이다. 작은 코골이라고 해도 진검룡은 귀에 거슬렸다.

그는 아예 낭랑의 입을 강제로 다물게 하고는 아혈과 더불어 입을 벌리지 못하도록 혈도까지 제압해 버렸다.

그랬더니 아주 미약하게 코로 숨을 쉬는 소리만 났다.

*　　　*　　　*

진원분타에 새로 온 조장에 대한 것은 전혀 비밀이 아니다.

그에 대해서 궁금한 것이 있는 사람은 진원분타 추혼향 휘하의 조원을 아무나 붙잡고 물어보기만 하면 된다.

하지만 진원현에서는 그에 대해서 궁금하게 여기는 사람

이 아무도 없었다.

아니, 무악이나 그의 어머니 정도만이 그를 궁금하게 여길 터이다.

진원분타에는 이십 명의 조장이 있으며, 그들 중에 누군가 죽거나 혹은 떠나거나 아니면 어떤 이유로든 자리가 비면, 누군가가 빈자리를 메우기 위하여 새 조장이 되는 것은 흔한 일이었다.

사흘 전에 진원분타에 새로 온 조장은 철새처럼 왔다가 떠나거나 죽은 수많은 조장 중의 한 명일 뿐이다.

그래서 진원현에 사는 사람들은 새로 온 조장에 대해서 궁금해하지도 않을뿐더러, 새로 조장이 왔다는 사실조차 모르는 사람이 절대다수다.

진원현에는 이천오백여 호의 집들이 있으며, 그곳에서 이만여 명이라는 적지 않은 사람들이 북적이면서 살고 있다.

그들 중에서 진원분타에 새로 온 조장, 즉 경혼조장에 대해서 조금이라도 알고 있는 사람은 극소수에 불과하다.

그나마도 추혼향 휘하의 탈혼조원과 경혼조원을 제외하면 십여 명 정도에 그친다.

그 십여 명은 사흘 전, 장대비가 퍼붓던 날에 우연히 무악네 주루에서 식사를 하거나 술을 마시고 있다가 새로 온 경혼조장을 목격했을 뿐이다.

그러므로 그들은 경혼조장에 대해서 안다기보다는 그저

한 번 얼굴을 본 정도다.

그런데 여기 새로 온 경혼조장에 대해서 몹시 궁금해하는 세 명의 사내가 있었다.

그들은 진원현 사람이 아니라 이틀 전에 외부에서 아무도 모르게 흘러들어 왔다.

그들은 경혼조장에 대해서 단순하게 궁금한 것이 아니었다. 그의 모든 것을 샅샅이 알고 싶어 한다.

하지만 그들은 진원현에 도착한 지 꼬박 이틀이 지나가고 있는 지금 상황에서도 경혼조장에 대해서 거의 아무것도 알아내지 못했다.

심지어는 자신들의 표적이 '경혼조장'이라는 사실조차도 모르고 있었다.

만약 그들 세 사내가 사흘 전 장대비가 쏟아지는 날에 무악네 주루에서 경혼조장을 처음 본 마을 사람들이라도 찾아낼 수 있다면, 자신들의 표적이 '경혼조장'이 됐다는 것 정도는 알게 될 것이다.

그들의 표적이 예전 낙양성에서처럼 굉장한 인물이었다면 아주 쉽게 표적의 모든 것을 알아낼 수 있었을 터이다.

하지만 지금 이 시점에서 그들의 표적은 너무도 평범한 인물이 됐다.

그래서 그 표적에 대해서 알아내는 일이 무성한 풀밭에서 풀 한 포기를 찾아내는 것처럼 어려운 것이었다.

그들 세 사내가 지난 이틀 동안 진원현에서 한 일은, 마을 사람들에게 얼마 전에 진원분타에 새로 온 조장에 대해서 일일이 물어보면서 다닌 것과 그저 막연히 진원분타를 감시한 것뿐이다.

그러나 아무리 오래 걸리고 또 어려워도 그들은 절대로 진원현을 떠나지 않을 것이다.

표적을 제거하기 전에는.

*　　　　*　　　　*

진검룡은 특별한 일이 없는 한 갑시(甲時:새벽 5시)에 잠에서 깨어 일어나는 것이 오랜 습관이었다.

그리고는 반 시진에 걸쳐서 두 차례 운공조식을 한 후에, 반 시진 정도 검법 연마를 했다. 물론 그것은 천의맹 낙양총부에 있었을 때의 습관이다.

하지만 오늘 새벽의 그는 운공조식도, 검법 연마도 하지 않고 침상에서 일어나 옷을 갈아입고 밖으로 나왔다.

그는 앞으로도 운공조식이나 검법을 비롯한 무공 연마를 일체 하지 않을 생각이다.

평범한 삶을 추구하려는 지금의 그에게 있어서 무공이란 오히려 장애이자 짐이기 때문이다.

진원분타에서 경혼조장 노릇을 하기에는 그가 현재 지니

고 있는 무공 수위가 지나칠, 아니, 가공할 정도로 높다.

그래서 아무리 감추려고 해도 잘 감춰지지 않는다. 그것은 쥐뿔도 없는 삼류무사가 절정고수 노릇을 하는 것보다 훨씬 어렵다.

마루로 나선 진검룡의 시선이 낭랑에게로 향했다. 그녀는 아까 봤을 때하고는 또 다른 자세로 자고 있었다.

새우처럼 웅크린 자세인데 자면서 얼마나 몸부림을 쳤으면 상의는 아예 가슴 위로 말려 올라가 있고, 엉덩이에 걸쳐졌던 바지는 무릎까지 내려온 상태다.

아마 입을 벌리지 못하고 마음대로 코를 골 수도 없어서 답답했던 모양이다.

진검룡은 그녀에게서 시선을 거두고 뜰로 내려섰다.

무악네 별채에서 맞이하는 두 번째 아침이다.

별채와 무악 모자가 생활하는 집 사이는 거리가 이 장이고 집 끝에서 끝까지 삼 장 반 정도로 아담했다.

그곳은 그저 마당이며, 구석진 곳에 몇 포기의 풀이 자라고 있을 뿐이다.

팍! 팍!

조금 전부터 무악네 집 앞쪽에서 장작을 패는 소리가 들려오고 있었다.

진검룡은 모퉁이를 돌아 집 앞으로 천천히 걸어가다가 걸음을 멈추었다.

그는 장작을 패는 사람이 당연히 무악이겠거니 여겼는데 뜻밖에도 여인이었다.

그는 여인이 놀랄까 봐 그 자리에 서서 잠자코 지켜보았다.

팍!

치마를 허리에서 단단히 묶고 양팔 소매를 팔꿈치까지 걷어 올린 여인은 이마에 송알송알 땀방울이 맺힌 모습으로 장작을 패고 있었다.

그런데 여인의 장작을 패는 솜씨가 하루 이틀 해본 예사 솜씨가 아니다.

한 자 반 남짓한 길이의 굵은 통나무를 모탕 위에 얹어 잘 고정시켜 놓고는 두 손으로 도끼를 머리 위까지 들어 올려 내리찍는데, 통나무 한복판에 정확하게 적중됐다.

팍! 팍! 팍!

그렇게 똑같은 위치를 세 번 정도 가격하면 통나무가 절반으로 쪼개졌다.

여인은 그것을 다시 세워놓고 이번에는 도끼로 두 번 더 가격하여 또다시 세로로 쪼갰다.

그러니까 통나무 하나에 일곱 번 도끼질을 해서 네 조각의 장작을 만드는 것이다.

장작 패기를 시작한 지 일각 남짓 지났기 때문에 쪼갠 장작은 그리 많지 않았다.

하지만 한쪽에는 통나무들이 수북하게 꽤 많이 쌓여 있었으며 그 옆에는 톱이 놓여 있었다.

아마 긴 통나무를 쪼개기 쉽도록 한 자 반 길이로 자르는 모양이다.

진검룡이 봤을 때 여인의 솜씨라면 통나무를 다 자르고 쪼개는 데 적어도 두 시진 이상은 걸릴 듯했다.

중원의 하남성만큼은 아니라고 해도 전역이 고지대로 이루어진 운남의 겨울은 꽤 추운 편이었다.

요리를 하기 위해서 불을 피우는 것이나 방을 따뜻하게 만들기 위해서 난로나 화덕, 화로에 사용되는 것은 순전히 장작이다.

특히 운남에는 눈이 많이 내린다. 한 번 폭설이 쏟아지면 사람 키 높이로 쌓이는 것은 예삿일이다.

지금이 겨울의 끝자락이라고는 해도 언제 또 폭설이 내릴지 모르는 일이다.

또한 운남은 봄이 늦게 찾아온다. 여북하면 한여름 밤에도 추워서 불을 때야만 견딜 수 있겠는가.

그러므로 눈이 내리기 전에 기회가 있을 때마다 땔감을 많이 비축해 두어야 한다. 안 그러면 눈 뻔히 뜨고 얼어 죽을 수밖에 없다.

진검룡은 운남에 대한 그런 상식 정도는 알고 있었다. 문득 그의 시선이 마당의 한쪽으로 향했다.

집과 창고 사이의 공간, 창고 벽에 기대어 장작이 쌓여 있는데 바닥에서 겨우 한 자 높이다. 그 정도로는 며칠을 버티지 못할 것이다.

아마 그래서 여인이 이른 새벽부터 서둘러서 장작을 패는 듯했다.

팔꿈치까지 소매를 걷어 올린 여인의 팔뚝은 몹시 희고 가늘었다.

사람은 남녀를 불문하고 타고난 체격적인 구분이 있게 마련이다.

그러므로 물론 손의 구분도 있다. 일하는 손이 있는가 하면 아랫사람을 부리는 귀족의 손이 있고, 공부하는 손이 있는가 하면 싸움을 하는 손이 있다.

그런 측면에서 봤을 때 여인의 손은 귀족의 손이라고 할 수가 있었다.

그녀의 가녀린 손으로는 도끼를 들고 있는 것조차도 힘에 겨울 터이다.

"휴우……."

그때 여인이 도끼질을 잠시 멈추고 허리를 펴면서 이마에 맺힌 땀을 닦았다.

그녀는 삼십오 세의 나이지만 이십대 중후반 정도로 보인다. 더구나 이런 시골구석에서는 찾아보기 어려운 미모를 지니고 있었다.

그런데다 하얗고 갸름한 얼굴에 젖은 머리카락 몇 올이 달

라붙었으며, 사슴처럼 길고 흰 목에도 땀이 흐르는 모습은 그
녀가 원래 지니고 있는 미모 이상의 아름다움으로 빛나고 있
었다.

여인은 문득 집 모퉁이에 우뚝 서서 이쪽을 지켜보고 있는
진검룡을 발견하고 화들짝 놀랐다.

"아……."

처음에 그녀는 진검룡이 누군지 제대로 알아보지 못했다.
그가 늘 방갓을 쓰고 있었기 때문에 지금처럼 방갓을 벗은 모
습이 무척 생소했다.

그러다가 잠시 후에 그의 강인한 턱과 전체적으로 풍기는
느낌을 발견하고 그가 진검룡이라는 사실을 깨닫고는 처음보
다 더욱 놀랐다.

"아아……."

자신의 꼴이 엉망일 것이라고 여긴 여인은 황급히 흐트러
진 머리카락을 가다듬고 걷어 올린 소매를 내리는 등 적잖이
당황해했다.

이어서 두 손을 앞에 모으고 공손히 허리를 굽혔다.

"기침(起寢)하셨어요?"

허리를 펴고서도 감히 진검룡을 똑바로 바라보지 못하는
여인의 양 뺨이 도화처럼 붉어져 있었다.

어린 나이에 남편을 만나서 채 일 년도 같이 살지 못하고
남편을 여읜 그녀는 몸뿐만이 아니라 마음까지도 순진무구한

소녀와 다름이 없는 듯했다.

그녀는 진검룡이 아무런 말도, 행동도 하지 않자 살짝 그를 쳐다보다가 심장이 콩알처럼 작아져서 급히 고개를 숙이고 말았다.

진검룡이 그녀를 묵묵히 주시하고 있었기 때문이다.

"부인."

그때 진검룡의 묵직하고도 맑은 목소리가 들리자 여인은 움찔 가녀린 몸을 떨었다.

"말씀… 하세요."

저벅저벅.

진검룡이 다가오는 발자국 소리가 들리자 그녀의 콩알처럼 작아진 심장이 격렬하게 뛰기 시작했다.

여인의 한 걸음 앞에서 걸음을 멈춘 진검룡은 남몰래 한숨을 토해냈다.

그녀가 자신을 너무 어려워하는 것이 안쓰럽기도 하고 또 불편해서다.

"부탁이 있소."

"말… 씀… 하세요."

손을 뻗으면 닿고 또 숨결이 느껴지는 가까운 거리에 진검룡과 마주 선 여인은 애처로울 정도로 가늘게 몸을 떨면서 이마가 아예 땅에 닿을 듯이 숙이고 있었다.

"부인 때문에 내가 불편하오."

진검룡의 느닷없는 말에 얼마나 놀랐는지 여인의 몸이 후드득 떨렸다.

이어서 그녀는 놀라움이 가득한 얼굴을 들어 진검룡을 바라보았다. 놀라움 때문에 부끄러움도 잠시 잊었다.

"혹여… 제가 무슨 실수라도……."

"나는 진원분타의 일개 조장일 뿐이오. 부인이 어려워할 신분이 아니오."

그런 것 때문에 여인이 어려워하는 것이 아니라는 사실을 진검룡은 모르고 있다.

아니, 그것은 어려워하는 것이 아니다. 단지 부끄러워하는 것이고, 그 속에 어려움이 담겨 있을 뿐이다.

"앞으로는 편하게 대해주기 바라오."

부탁이라면서 그의 말투는 고압적이고 딱딱하다. 오랜 세월 동안 몸에 밴 말투라서 그렇다.

진검룡은 아예 여인의 심장에 대못 하나를 더 꽂았다.

"계속 불편하게 하면 집을 옮기겠소."

여인이 어떤 반응을 보였는지 그는 알지 못한다. 말이 끝나자마자 별채 쪽으로 가기 위해서 몸을 돌려 모퉁이를 돌아섰기 때문이다.

별채로 성큼성큼 걸어가던 그는 문득 어떤 생각이 떠올라 걸음을 멈추고 다시 무악네 집 앞쪽으로 되돌아갔다.

그는 조금 전에 여인이 힘들어하는 장작 패기를 대신해 주려고 생각했었는데 깜빡 잊었다.

여인이 두 시진 걸릴 일을 그는 일각이면 끝낼 수 있다. 또한 여인이 하면 녹초가 되겠지만, 그라면 새벽 나절에 간단하게 몸을 푸는 정도였다.

"흑흑……."

그는 모퉁이를 막 돌다가 여인이 흐느끼는 소리를 들었다.

그리고 그다음에는 여인이 장작더미에 엎드려서 울고 있는 모습을 발견했다.

그는 그 자리에 멈춰서 여인을 물끄러미 쳐다보았다. 그녀가 왜 우는지 알 수 없었다.

하지만 조금 전에 자신이 한 말 때문일 것이라는 짐작이 들기는 했다.

그러면서도 자신의 말 어느 부분이 그녀를 울렸는지는 전혀 알지 못했다.

그는 여자에 대해서는 아무것도 모른다. 하지만 연약한 여자가 장작을 패는 것을 보면 도와주고 싶어 하는 마음을 지니고 있었다.

그는 울고 있는 여자와 통나무 더미를 번갈아 쳐다보면서 어떻게 할 것인지 잠시 갈등하다가 이윽고 성큼성큼 통나무 쪽으로 걸어갔다.

그의 발자국 소리에 여인이 움찔 놀라서 고개를 들더니 그가 다가오는 것을 발견하고는 당황해서 어쩔 줄을 몰라 했다.

그러나 진검룡은 여인에게는 시선조차 주지 않고 모탕 위에 놓인 도끼를 집어들고는 그때부터 묵묵히 장작을 패기 시작했다.

빡! 빡!

여인은 통나무 하나를 네 조각의 장작으로 만들기 위해서 도합 일곱 번의 도끼질을 했었지만, 진검룡은 불과 세 번만으로 끝냈다.

통나무 하나를 반으로 쪼개는 데 한 번, 그리고 두 쪽을 네 개로 쪼개는 데 각각 한 번씩이다.

여인은 조심스럽게 일어나 도끼질을 하고 있는 진검룡 뒤에 오도카니 서서 그를 바라보았다.

이제 그녀는 조금 전에 진검룡이 했던 말이 더 이상 서운하지 않았다.

그가 누구보다도 마음이 따뜻한 사람이며, 그것을 표현하는 것이 서툴 뿐이고, 원래 말투가 딱딱하다는 사실을 지금 막 깨달았기 때문이다.

그녀는 얼른 소매로 눈물을 닦고 해사한 미소를 지으며 진검룡의 뒷모습을 바라보더니 잠시 후에 총총히 집 안으로 들어갔다.

진검룡은 그녀가 더 이상 울지 않는다는 것과 자신을 뒤에서 바라보다가 집으로 들어갔다는 사실을 알았다.

하지만 그녀가 왜 울다가 갑자기 울음을 그쳤는지, 그리고 자신의 뒷모습을 바라보면서 무슨 생각을 했는지에 대해서는 알지 못했다.

다만 그는 장작을 패면서 한 가지만을 다짐했다.

될 수 있으면 그녀에게 말을 걸지 말아야겠다고.

일각 후에 여인은 장작 패는 소리가 들리지 않자 조심스럽게 밖으로 나왔다가 크게 놀라고 말았다.

진검룡은 그곳에 없었다. 그 대신 다 쪼갠 장작이 집과 창고 사이 장작을 두는 곳에 차곡차곡 쌓여 있는 것을 발견하고 더욱 놀랐다.

그녀가 오늘 새벽에 패려고 잘라놓은 한 자 반 길이의 통나무도, 톱질을 해서 도끼질을 하기 좋게 잘라야 하는 긴 통나무도 보이지 않았다. 진검룡이 모두 가지런히 장작으로 쪼개서 쌓아놓은 것이다.

여인은 자신의 가슴 높이까지 수북이 쌓여 있는 장작더미를 보면서 앞으로 보름 정도는 장작 걱정을 하지 않아도 좋을 것이라는 생각을 했다.

그리고는 자신이 몇 시진이나 걸려서 할 일을 진검룡이 불과 일각 남짓한 시간에 뚝딱 해치운 것을 보고, 그의 강건함에 남몰래 감탄했다.

물론 그의 따뜻한 마음은 이미 여인의 뼛속 깊이 스며들어 있었다.

을시(乙時:아침 7시). 진검룡은 주루에 혼자 앉아서 아침 식사를 하고 있었다.

여인은 보이지 않고 진검룡이 앉아 있는 탁자로 무악이 부지런히 밥과 반찬을 날랐다.

무악의 말로는, 진검룡이 별채에 있으면 그곳으로 아침 식사를 가져갔을 텐데 그가 주루에 있기 때문에 이곳으로 가져오는 것이라고 했다.

무악은 진검룡이 식사를 하는 동안 주루 한복판의 난로에 불을 피웠다.

잠시 후 주루 안에 훈훈한 열기가 퍼졌다. 주루의 문을 여는 시각은 사시(오전 10시)인데도 진검룡이 추울까 봐 일찌감치 난로에 불을 지핀 것이다.

무악은 주방 입구에 기대서서 물끄러미 진검룡이 식사하는 것을 바라보았다.

진검룡 가까이 다가가고 싶은데 그럴 만한 핑계도 없고 용기도 없었다. 하지만 무악은 진검룡을 바라보고만 있어도 그저 좋았다.

그때 진검룡이 무악에게 가까이 오라고 손짓을 했다.

"부르셨어요, 사부님?"

무악은 화살처럼 빠르게 달려와 두 손을 앞에 모으고 방글방글 웃었다.

"너도 먹어라."

"저는 이따가 어머니와······."

"나하고 갈 곳이 있다."

"어딘데요?"

무악은 놀라면서도 기쁜 표정으로 상체를 앞으로 불쑥 내밀며 물었다.

그러나 진검룡은 묵묵부답 식사만 했다.

진검룡은 무악을 데리고 마장(馬場)에 가서 말 한 필과 수레를 사고, 이어서 야방(冶坊:대장간)에서 큰 것과 중간치의 두 자루 도끼를 샀다. 물론 돈은 그가 지불했다.

그가 낙양성을 떠날 때 탔던 말처럼 훌륭한 준마는 아니지만 그런대로 쓸 만한 말이다.

준비를 마친 그는 무악에게 말고삐를 쥐게 하고는 거리의 남쪽으로 향하다가 진원분타 전문 앞을 지나갔다.

진원분타 전문 맞은편에는 한 채의 고풍스러운 장원의 담이 있는데, 담 안쪽은 울창한 숲이었다.

그 숲의 어느 무성한 나뭇가지 위에 한 사내가 모습을 감춘 채 앉아서 진원분타의 전문을 주시하고 있었다.

거리에서나 진원분타에서는 그 사내의 모습이 조금도 보이지 않았다.

그 사내는 누군가를 죽이기 위해서 사흘 전에 진원현에 들어온 세 사내 중 한 명이었다.

그는 진원분타 전문 앞 대로로 한 명의 방갓인과 소년이 말이 끄는 수레를 몰고 지나가는 것을 지켜보고 있었다.

진원분타에 소속된 무사들의 일참(日參:출근) 시각은 손시(巽時:오전 9시)다.

진원분타는 손진유퇴(巽進酉退)다. 즉, 손시에 일참하고 유시(酉時:저녁 6시)에 퇴근한다.

나뭇가지에 앉아 있는 사내는 수레를 몰고 가는 소년의 옆에서 나란히 걸어 진원분타 전문 앞을 지나친 방갓인이 자신들이 눈에 불을 켜고 찾고 있는 표적일 것이라고는 꿈에도 상상하지 못했다.

만약 방갓인이 평소처럼 어깨에 장검이라도 메고 있었다면 사내가 조금쯤은 눈여겨서 봤을지도 모른다.

하지만 방갓인은 오늘이 사흘 휴가 중의 첫날이었다. 그는 소년과 따로 할 일이 있었기 때문에 오늘만큼은 검을 휴대하지 않았던 것이다.

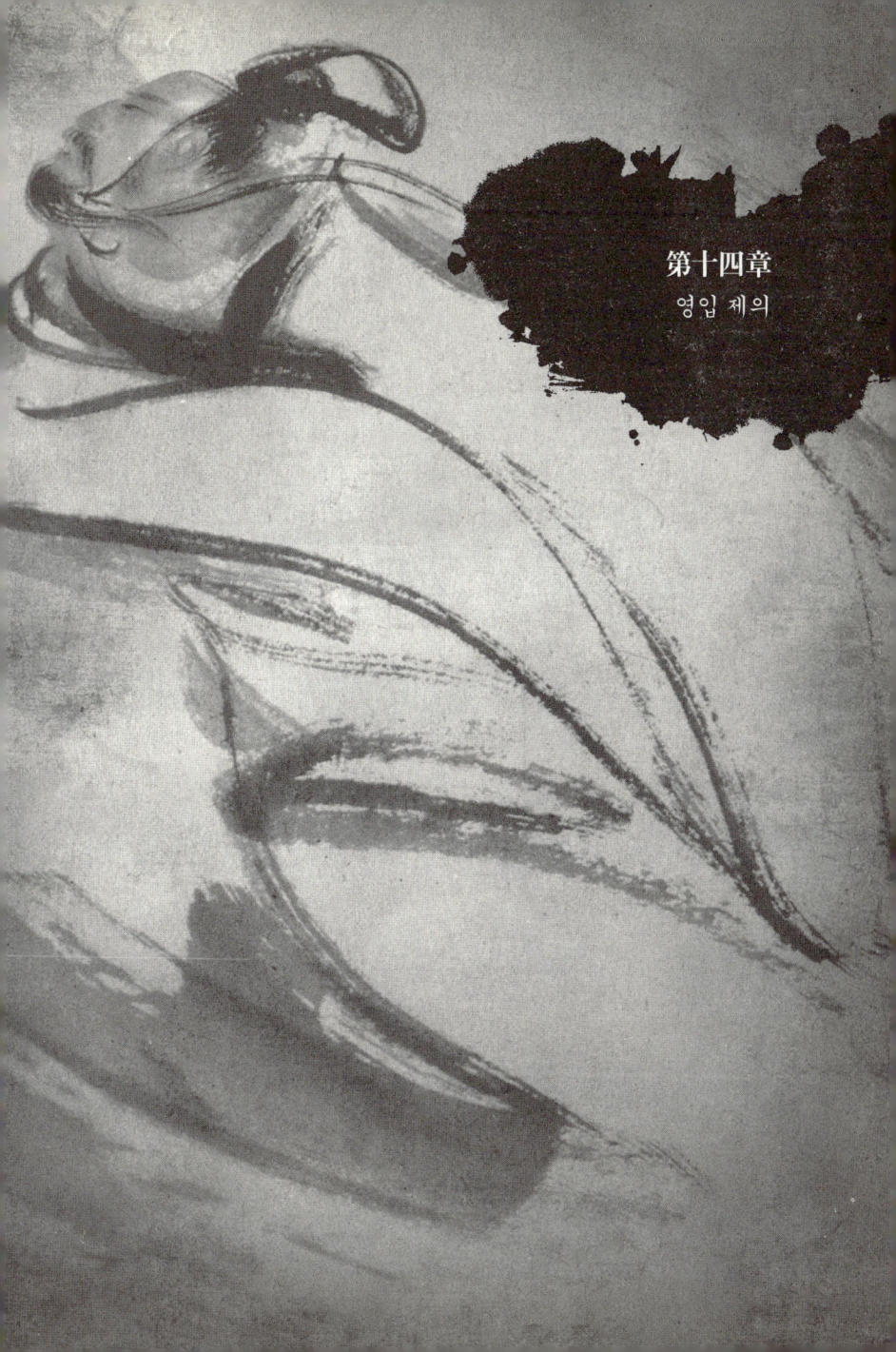

第十四章

영입 제의

진검룡과 무악은 마을을 벗어나서 산으로 향했다.

　진검룡은 산 아래에 수레를 세워두고 자신은 큰 도끼를, 무악에겐 중간치 도끼를 주고 함께 산을 오르기 시작했다.

　그때까지도 진검룡은 왜 산에 왔는지 무악에게 설명해 주지 않았다.

　하지만 구태여 설명할 필요가 없었다. 말과 수레를 샀으며, 또한 크고 작은 도끼를 샀다. 그리고는 산으로 왔다. 무슨 말이 필요하겠는가.

　무악은 힘들다거나 두려움보다는 묘한 기대감으로 가슴이 설레었다.

모친 다음으로 좋아하는 진검룡과 함께 행동하고 있다는
사실 때문이다.

　진검룡과 함께라면 지옥이라도 두려움없이 갈 수 있을 것
같은 기분이었다.

　진검룡은 산속으로 그리 깊이 들어가지 않았다. 쓸 만한 나
무는 어디에나 지천으로 자라고 있기 때문이다.

　장작으로 쓰기에는 참나무가 적합하다. 나무가 단단해서
화력이 좋으며 오래 타고 숯을 만들어서 사용할 수도 있을 뿐
만 아니라 연기도 많이 나지 않는다.

　진검룡은 주위를 둘러보면서 오르다가 참나무들이 밀생해
있는 곳에서 멈추었다.

　그는 적당한 나무를 고르고 별다른 준비 자세도 없이 그 앞
에서 도끼를 치켜들었다. 어른의 양팔로 두 아름쯤 되는 곧게
뻗은 참나무다.

　그 정도면 그의 도끼질 한 번으로 능히 자를 수가 있을 것
이다.

　하지만 지금은 무악에게 나무하는 법을 처음부터 차근차
근 가르치려는 것이기 때문에 기초부터 보여줘야 한다.

　최초에 나무를 쓰러뜨릴 때에는 위에서 아래로 결을 따라
서 비스듬히 도끼질을 해야 한다.

　수평으로 도끼질을 하면 힘이 배로 들 뿐만 아니라 도끼날
이 나무에 제대로 박히지 않는다.

진검룡은 일부러 도끼를 두 손으로 잡고 머리 위로 치켜들었다가 유연한 동작으로 나무를 내리찍었다. 물론 무악에게 보이기 위한 동작이다.

팍!

예리한 도끼날이 나무 속으로 비스듬히 한 뼘 정도 박혔다.

무악은 몇 걸음 떨어진 곳에서 눈도 깜빡이지 않은 채 진지한 표정으로 지켜보고 있었다.

총명한 그는 진검룡이 자신에게 나무하는 법을 가르치려고 한다는 사실을 이미 간파했다.

팍! 팍! 팍!

진검룡은 나무의 오른쪽을 세 번 정도 도끼질을 한 후에 이번에는 반대쪽을 세 번 더 도끼질했다. 이어서 오른쪽을 한번 더 하자 커다란 나무가 기우뚱했다.

우지직!

"물러나라."

진검룡이 손짓하자 무악은 나무가 기울고 있는 반대쪽으로 재빨리 피했다.

진검룡이 한 차례 더 강하게 오른쪽을 도끼질하자 나무가 완전히 오른쪽으로 꺾였다.

우드드… 쿵!

무악은 쓰러진 커다란 나무를 보면서 놀라움을 금치 못하고 눈을 휘둥그렇게 떴다.

도대체 어떻게 이처럼 커다란 나무가 도끼질 여덟 번에 간단하게 쓰러질 수 있는 것인지 신기하면서도 놀라웠다.

진검룡은 아무 말도 하지 않고 다시 두 번째 나무를 고른 후에 도끼질을 시작했다.

무악은 원래 과묵한 진검룡이 지금 행동으로 가르치고 있는 것이라고 여겨 그의 동작 하나하나를 놓치지 않고 자세히 주시했다.

진검룡은 두 번째 나무도 첫 번째와 똑같은 방법으로 자른 후에 무악이 자를 수 있을 만한 적당한 나무를 골라주고 뒤로 물러섰다.

"해봐라."

무악은 바짝 긴장한 얼굴로 나무 앞에 서서 두 손으로 도끼를 움켜잡고 머리 위로 치켜들었다.

그의 머릿속에는 진검룡이 어떻게 했는지 자세히 기억되어 있다. 그러므로 그대로만 따라 하면 될 것이라고 생각했다.

그는 찍어야 할 부분과 도끼를 번갈아 쳐다보다가 한순간 온몸의 힘을 도끼에 모으고 있는 힘껏 내리쩍었다.

팅! 팍!

"우왓!"

그런데 도끼날이 나무에 제대로 꽂히지 않아서 도끼를 놓쳤으며, 도끼가 나무에서 튕기더니 그의 발 앞에 자루만 남긴

채 깊숙이 꽂혔다.

"으으⋯⋯."

만약 반 뼘만 안쪽으로 찍혔으면 발등이나 발가락이 뭉텅 잘라졌을 것이라는 생각이 들자 오금이 저리고 온몸이 후드득 떨렸다.

무악은 겁에 질린 얼굴로 진검룡을 돌아보았다.

그러나 진검룡은 조금도 놀라지 않은 모습으로 조용히 입을 열었다.

"찍어야 할 위치에서 시선을 떼지 말고 두 팔에서 힘을 빼되 물 흐르듯이 내려쳐라."

진검룡의 담담한 설명이 무악을 많이 진정시켜 주었다. 그는 도끼를 집어들 생각도 하지 않은 채 방금 진검룡이 한 말을 곰곰이 곱씹어 생각해 보았다.

"워어! 워!"

늦가을의 해가 뉘엿뉘엿 지고 있는 유시(저녁 6시) 무렵.

한 필의 말이 끄는 수레가 무악네 주루 옆 골목 어귀에서 멈추었다.

수레를 끌고 온 무악의 꼴은 말이 아니었다. 옷은 여기저기 마구 찢어졌고, 얼굴이며 몸도 성한 곳을 찾아보기 어려울 정도로 많이 다쳤다. 하지만 큰 상처가 아니라 죄다 긁히고 찢어진 상처들이다.

그런데도 무악의 얼굴 표정은 유난히 밝았다. 마치 세상을 다 가진 듯 가슴 벅차고 뿌듯한 표정이다.

수레에는 통나무가 가득 실려 있었다. 그냥 통나무가 아니라 장작으로 패기 쉽도록 한 자 반 길이로 자른 것들이다.

처음에 진검룡이 참나무 두 그루를 시범 삼아서 잘라준 것 외에 무악이 세 그루를 더 잘랐다.

진검룡은 참나무 한 그루를 자르는 데 도끼질을 딱 여덟 번만 했었다.

그런데 무악은 무려 백여 차례 도끼질을 하고서야 간신히 첫 번째 참나무를 쓰러뜨리는 데 성공했다.

두 손이 부르터서 까지고 찢어진 것은 물론이고, 도끼질을 잘못해서 도끼 뒷등이나 도낏자루가 무릎이나 정강이에 부딪친 것도 부지기수였다.

첫 번째 나무에서 체력을 거의 다 소모했지만 무악은 포기하지 않고 두 번째 나무에 도전하여 칠십여 차례 도끼질 만에 쓰러뜨렸다.

그리고 세 번째 나무는 오십 번의 도끼질로 끝냈다. 첫 번째 나무에 비하면 절반의 수고만 한 셈이다. 또한 점차 요령을 터득했기 때문이다.

그리고는 무악은 완전히 녹초가 되어 바닥에 길게 드러누워 버렸다.

진검룡은 무악이 일각 동안 휴식을 취하게 한 다음에 다시 시범을 보였다.

이번에는 쓰러뜨린 참나무를 한 자 반 길이로 자르는 시범이며 역시 딱 두 차례만 해 보이고는 물러났다.

나무를 쓰러뜨리는 것보다는 수월했으나, 기진맥진한 상태의 무악으로서는 더 힘든 일이었다.

그러나 그는 포기하지 않고 이를 악물고 나무를 한 자 반 길이로 자르기 시작했다.

그가 포기하지 않으려고 기를 쓰는 이유는 진검룡을 실망시키지 않으려는 각오가 크게 작용을 했다.

그는 두 손이 다 까지고 피범벅이 되면서도 절대 포기하지 않았다. 진검룡이 지켜보고 있기 때문이다.

그에게 자신의 나약한 모습을 보이기 싫고, 그가 가르치는 것을 제대로 해내고 싶었다.

무악은 천성적으로 어떤 기구를 다룬다든지 무엇인가를 만드는 것에는 젬병이었다. 하다못해 나무젓가락 하나도 제 손으로 깎지 못할 정도였다.

그래서 이른 새벽에 무악 모친이 직접 장작을 팼던 것이다.

예전에 무악이 자기가 장작을 패보겠다는 것을 시켰다가 큰 사고가 난 적이 있었다.

손이 찢어지고 도끼로 정강이를 찍는 바람에 몇 달 동안 누워 있어야만 했었다.

그 이후로 여인은 무슨 일이 있어도 무악에게 장작 패는 일을 시키지 않았다.

그것뿐만이 아니라 무악은 하다못해 주방의 식칼이라던가 낫, 톱, 쇠스랑 등 어떤 기구를 사용하기만 하면 사고를 내서 크게 다쳤었다.

물론 그 기구들을 이용해서 하려고 했던 일을 성공하지 못한 것은 당연하다. 시작하자마자 사고가 났기 때문이다.

그런데 오늘 무악은 도끼질을 했다. 몸 여러 군데를 다치기는 했지만 사고라고 할 것까진 없었다.

더 놀라운 일은, 그가 기구를 사용하여 일을 끝까지 해냈다는 사실이다.

진검룡은 무악을 도와주지 않았다. 다만 방법을 가르쳐 주었을 뿐이다.

그러므로 수레에 가득 담긴 엉망진창으로 자른 볼품없는 통나무는 평범한 통나무가 아니었다. 무악이 거듭 태어난 것이며, 인간 승리의 결과인 것이다.

"어머니!"

무악은 신바람이 나서 주루로 달려들어 가 여인의 손을 잡고 끌듯이 데리고 나왔다.

여인은 무악을 따라 나오면서도 그에게서 시선을 떼지 못하며 도대체 어디에서 어쩌다가 이렇게 다쳤느냐고 묻느라 정신이 없었다.

하지만 무악은 싱글벙글 웃기만 하며 여인을 수레까지 데리고 왔다.

여인은 수레에 가득 실린 통나무와 그 옆에 우뚝 서 있는 진검룡을 번갈아 쳐다보면서 크게 놀랐다.

"악이가 했소."

진검룡이 수레를 가리키며 짧게 말하자 여인의 놀라움은 배가되었다.

"악아⋯⋯."

더 이상 설명을 듣지 않아도 어떻게 된 일인지 여인은 짐작할 수 있었다.

새벽에 장작을 패준 진검룡이 장작이 모자라다는 사실을 알고 무악을 데리고 산으로 나무를 하러 갔던 것이다.

그는 다 큰 아들인 무악이 장작을 패지 않고 여인이 패는 것을 이상하게 생각한 것이 분명하다.

그래서 무악에게 나무하는 법을 가르쳤고, 진검룡을 맹목적으로 존경하고 따르는 무악은 필사적으로 도끼를 휘둘러서 끝내 수레에 하나 가득 통나무를 실어올 수 있었던 것이라고 여인은 추측했다.

와락!

"악아! 이 녀석⋯⋯."

크게 감격한 여인은 무악을 와락 끌어안고는 뜨거운 눈물을 쏟아냈다.

진검룡은 여인의 안내를 받아 주루로 들어갔다.

그녀의 설명에 의하면 어떤 사람이 진검룡을 만나려고 벌써 세 시진째 주루에서 기다리고 있다는 것이다.

세 시진 전이면 진검룡과 무악이 산속에서 나무를 자르다가 잠깐 쉬면서 요깃거리로 사 온 만두를 먹고 있을 때다.

여인에게 그 말을 듣고서도 진검룡은 그 즉시 주루로 가지 않고 무악과 함께 수레에 가득 실린 통나무들을 집 안으로 모두 옮겼다.

주루 옆으로 난 골목 안쪽에는 집 안으로 통하는 옆문이 있는데, 그곳으로 통나무를 운반했다.

이후 진검룡은 느긋하게 세수를 한 다음에야 주루 뒷문으로 향했다.

그는 자신을 기다리고 있는 사람이 누구냐고 여인에게 묻지 않았고, 여인도 말해주려고 하지 않았다.

하지만 진검룡은 여인의 얼굴에 두려워하고 또 초조해하는 표정이 짙게 떠올라 있는 것을 발견했다.

그것을 보고 주루에서 진검룡을 기다리고 있는 누군가가 그녀에게 자신에 대해서 아무 말도 하지 말라고 협박했을 것이라고 짐작했다.

진검룡은 자신을 기다리고 있는 자가 혹시 천의맹 낙양총부에서 온 자가 아닐까 하고 잠시 생각했다.

만에 하나 그렇다면 그자는 필경 좋은 소식을 갖고 오지는 않았을 것이다.

천의맹 천의십수의 판결은 여태까지 번복된 경우가 한 번도 없었다. 그들의 판결은 곧 일사부재리(一事不再理)다.

그렇다면 그자는 진검룡을 죽이러 왔을지도 모른다. 죽여서 후환을 없애려는 짓이다.

그러나 진검룡은 곧 그건 아닐 것이라고 생각했다. 천의십수의 판결 내용은 오직 그들과 맹주, 그리고 진검룡 자신만알고 있다.

다른 사람이 그것을 알아내서 여기까지 찾아왔을 리가 없다. 천의맹은 그렇게 물러터진 곳이 아니다.

하지만 정말로 진검룡을 죽이러 온 자라면, 필경 진검룡을함정에 빠뜨린 암중 인물이 보냈을 것이다.

그렇다면 암중 인물은 천의십수의 판결 내용을 알 수 있을정도로 천의맹 내에서 높은 지위에 있거나 아니면 그런 인물과 내통을 하고 있다는 증거였다.

하지만 역시 암중 인물이 보낸 자는 아닐 것이다.

그자는 진검룡을 죽이러 왔을 텐데, 그가 묵고 있는 집 주루에서 세 시진씩이나 버젓이 앉아서 기다리고 있을 리가 없다.

그런 섣부른 짓은 표적을 죽이러 온 절정고수나 살수가 할일이 아니다.

진검룡은 주루 뒷문까지의 짧은 거리를 걸어가면서 머릿

속에서 많은 생각들이 교차했다.

이제 그는 이렇게 복잡한 생각을 하는 것이 귀찮다. 그를 귀찮게 만드는 것은 천의맹에 관한 것이나 그를 함정에 빠뜨린 일에 대해서 생각하는 것이다.

누군가 그를 함정에 빠뜨렸다는 것은 그의 파멸을 원하는 자가 있다는 뜻이다.

처음에는 처절하게 몸부림치면서 반항을 하고 자신은 죄가 없다고 울부짖었으나 모두 허사였다. 아무도 믿어주지 않았다. 그만큼 완벽한 함정이었던 것이다.

그래서 그는 암중 인물의 뜻대로 파멸했다. 과거의 절대자가 이런 시골구석으로 외천되어 말단 조장 노릇을 하고 있다면, 그보다 완벽한 파멸이 어디에 있겠는가.

그는 이제 와서 무죄를 주장하기도 싫고, 거기에 얽매이는 것도 귀찮았다.

그저 이대로 내버려 두면 더 이상 바랄 것이 없다. 이곳에서 죽을 때까지 세상의 헛된 공명과 명예 따위 다 훌훌 벗어버린 채 살고 싶을 뿐이었다.

슥—

"……!"

주루로 향하는 뒷문 앞에서 진검룡이 앞서 걷던 여인의 어깨에 손을 얹자 그녀는 깜짝 놀라서 뒤돌아보았다.

진검룡은 여인에게 눈짓으로 집에 가 있으라는 시늉을 해

보였다.

그러자 여인의 얼굴에 망설이는 기색이 역력히 떠올랐다.

진검룡은 그녀가 자신을 걱정하고 있는 것이라고 생각했다.

그가 낙양총부의 청룡검대주로 있을 때, 임무를 수행하러 나가기 전에 맹주에게 출발 보고를 하러 가면, 그녀는 지금 여인이 짓고 있는 것과 같은 표정을 지었었다.

그녀 천의봉후 백소운은 진검룡의 품에 가만히 안겨서 뜨겁게 입을 맞추며 부디 무사히 다녀오기를 기도하겠다고 정이 넘치는 목소리로 속삭였었다.

진검룡은 그것을 행복이라고 여겼었다. 그러나 이제 생각하니 그것은 행복이 아니라 한낱 꿈이었다.

그의 현실은 천의맹이 아니라 이곳 진원현에 있는 것이다.

여인은 갑자기 진검룡의 눈빛이 흐려지는 것을 보고 이상하다는 표정을 지었다.

그가 잠깐 백소운을 생각하는 것을 여인이 감지한 것이다.

진검룡은 쓴웃음을 속으로 감추며 여인의 어깨에 얹은 손에 약간 힘을 주어 그녀를 집 쪽으로 가볍게 밀었다.

여인은 떨어지지 않는 발걸음으로, 얼굴에 가득 염려를 담은 채 주춤주춤 집 쪽으로 향했다.

그녀에겐 천의봉후 백소운이 보여주지 않았던 것이 있다.

진심이 고스란히 진검룡의 가슴속으로 전해진다는 것이다.

척!

진검룡은 주루 뒷문을 열고 성큼 안으로 들어섰다.

주루 안은 텅 비어 있고 한복판 난로 옆 탁자에 한 사내가 꼿꼿한 자세로 앉아 있는 앞모습이 보였다.

마치 진검룡이 주루 뒷문으로 들어설 것이라는 사실을 알고 있는 듯했다.

탁자에는 아무것도 없고 오직 식어빠진 한 잔의 찻잔만 놓여 있었다.

아마도 그자가 한 잔의 차만 원했을 것이다. 요리를 먹고 술을 마실 정도의 여유가 없다는 뜻이고, 임무가 막중하다는 뜻일 터이다.

하지만 찻잔의 차는 오래전에 식어버렸고 손을 댄 흔적이 전혀 없었다.

사내는 둥글넓적한 얼굴에 코와 입 주위에 짧고 검은 수염을 기른 삼십대 중반의 나이다.

넉넉하고 후덕하게 보이는 겉모습은 철저한 위장이고 속에는 예리한 비수를 감추고 있다는 것을 진검룡은 한눈에 간파했다.

진검룡의 경험으로 미루어 봤을 때, 저런 사내는 보통 거래나 협상을 잘한다.

도대체 무슨 거래나 협상을 하려고 진검룡을 세 시진이나 기다리고 있었는지는 모를 일이다.

물론 진검룡으로선 한 번도 본 적이 없는 사내다.

진검룡이 들어서자 사내는 즉시 일어나서 옷매무새를 고치며 정중한 자세를 취했다. 협상을 하려는 자의 기본적인 행동이다.

그의 행동으로 미루어 나쁜 뜻은 없는 듯하다. 하지만 무엇인지 모를 협상이 결렬되면 본색을 드러낼 수도 있다.

자고로, '온 자는 선하지 않고, 선한 자는 오지 않는다[來者不善 善者不來]'라는 옛말이 있지 않은가.

방갓을 깊숙이 눌러쓴 진검룡은 천천히 사내를 향해서 규칙적인 걸음으로 걸어갔다.

사내는 부드러운 미소를 지으며 진검룡을 바라보았다. 눈과 입, 얼굴 전체로 미소를 짓고 있다. 그러나 언제나 지을 수 있도록 준비된 가식적 웃음이다.

이윽고 진검룡이 세 걸음 앞에 우뚝 멈춰 서자 사내는 한껏 정중히 포권을 해 보이며 가볍게 고개를 숙였다.

"처음 뵙겠소이다. 불초는 궁의(穹宜)라고 하오."

제법 강호의 물을 먹은 듯한 행동이다.

그는 진검룡이 침묵을 지키자 말을 이었다.

"진원분타 추혼향 경혼조장 진검룡 진 조장의 명성은 익히 들어서 잘 알고 있소이다."

사내 궁의는 현재 진검룡의 신분을 정확하게 꿰고 있었다.

진검룡은 진원현에서 전혀 알려지지 않았는데 이토록 자세히 알고 있다는 것은 경혼조원이나 탈혼조원에게 설명을 들었다는 뜻이다.

"혹시 진 조장께선 진원현 내에서 누가 가장 큰 세력과 영향력을 지니고 있는지 알고 계시오?"

궁의는 뜬금없이 물었다.

그러나 진검룡은 묵묵부답으로 일관했다. 알고 싶지 않으니까 묻지 않는 것이다.

궁의는 자신이 이곳에 온 이유를 말하고 있으면서도 진검룡이 어떤 사람인지 살피는 것을 게을리하지 않았다.

"그분은 한매선(寒梅仙)이시오. 들어본 적이 있소?"

진검룡이 역시 대답을 하지 않자 예의로써 대하던 궁의는 조금씩 불쾌해지기 시작했다.

그러면서 반드시 진검룡의 입을 열게 하겠다고 작정했다. 그는 참을성이 없는 인물이 분명했다.

한매선은 진원현에서 가장 유명한 사람이다. 또한 세력과 영향력 면에서도 단연 최고다.

궁의의 의도와는 달리 진검룡은 점점 이 자리가 귀찮아지기 시작했다.

궁의는 진검룡이 한매선을 모를 수도 있다고 생각했다. 그래서 그는 한매선에 대해서 조금 더 설명을 해야겠다고 마음먹었다.

"한매선께서는……."

"본론은 언제 말할 것인가?"

"……."

궁의가 손짓을 해가면서 거창하게 말문을 여는데 진검룡이 뚝 잘랐다.

단언하건대 궁의는 이런 식으로 무시를 당해본 경험이 그다지 많지 않다.

"에… 본론은……."

불쾌함과 당황함이 뒤섞인 궁의는 급히 입을 열었으나 자신이 무슨 말을 하고 있는지 알지 못했다.

그러나 그는 만만한 인물이 아니다. 잠시 당황했지만 잠시 후에 정신을 수습했다.

진검룡이 어떤 인물인지 대충 간파했으므로 어떻게 다루어야 할지 깨달은 것이다.

그가 봤을 때 진검룡은 성격이 급한 사람이 분명했다.

"한매선께서는 귀하를 곁에 두고 싶어 하시오."

그래서 서론을 접고 본론을 꺼냈다. 말인즉, 한매선이 진검룡을 수하로 거두고 싶다는 뜻이었다.

"귀하의 동료인 탈혼조 호태곤 조장이 귀하를 천거했소. 호 조장은 귀하가 남랑곡에서 보여준 지혜와 용맹을 한매선에게 자세히 설명했고, 이후 한매선께선 귀하 같은 인물을 측근에 두고 싶다고 말씀하셨소."

진검룡은 어떻게 된 영문인지 알게 됐다. 한매선이라는 자는 별호로 미루어 필경 여자일 것이다.

그녀는 진원현에서 꽤나 큰 영향력과 권력을 지니고 있는 듯한데, 호태곤의 장황한 설명을 듣고는 진검룡을 자신의 휘하로 영입하려는 듯하다.

호태곤이 무엇 때문에 일부러 한매선에게 진검룡을 천거했는지는 물어보지 않아도 짐작할 수 있었다.

조금 뛰어난 사람이 많이 뛰어난 자와 함께 있으면 빛을 보지 못하는 법이다.

호태곤은 남랑곡에서의 진검룡의 활약을 직접 목격하고는, 그와 함께 있으면 장차 자신의 입지가 초라해질 것을 염려한 끝에 진검룡을 진원분타에서 내쫓으려는 궁리를 한 것 같다.

그래서 힘으로는 안 될 것 같으니까 천거라는 형식을 빌린 것이 분명하다.

진원분타가 운남성 시골구석의 일개 분타라고 해도 천하무림을 좌지우지하는 천의맹 휘하다.

그런데 진원분타의 조장을 마음대로 영입하려고 하다니, 그것도 은밀한 접촉이 아니라 아예 대놓고 영입 의사를 밝힌다는 것은, 한매선이 진원분타 정도는 안중에도 두고 있지 않다는 뜻이다.

진검룡은 방갓을 깊숙이 눌러썼기 때문에 지금 어떤 표정을 짓고 있는지 알 수가 없다.

하지만 궁의는 그가 필경 흥미를 느끼고 있을 것이라고 단정했다.

"녹봉은 매월 은자 오십 냥, 하인과 하녀가 딸린 집 한 칸과 말 두 필을 주겠소. 그 밖에 필요한 것을 말하면 웬만한 선에서는 해주겠소. 어떻소?"

여인 옥청(玉淸)은 주루 뒷문 틈에 귀를 바짝 대고 주루 안의 대화를 듣느라 긴장한 표정을 짓고 있었다.

진검룡이 그녀에게 집으로 가 있으라고 했으나 그녀는 그럴 수가 없었다.

사내 궁의가 무엇 때문에 진검룡을 찾아왔는지 짐작하기 때문이다.

방금 궁의는 진검룡에게 엄청난 녹봉과 대우를 제시했다.

녹봉 은자 오십 냥이면 진원분타 조장 녹봉인 은자 열 냥의 무려 다섯 배다.

더구나 하인과 하녀가 딸린 집과 말 두 필이면 파격적인 대우가 분명하다.

그런 조건이라면 어느 누구라도 열 일 제쳐 두고 한매선의 수하가 될 터이다.

그때 뒷문 문틈 새로 귀에 익은 진검룡의 짧은 말소리가 흘러나왔다.

"꺼져라. 그리고 다시는 나타나지 마라."

저벅저벅.

이어서 그가 뒷문으로 걸어오는 발자국 소리가 나자 옥청은 화들짝 놀라 부리나케 집 쪽으로 달려갔다.

진검룡이 궁의의, 아니, 한매선의 파격적인 영입 제의를 일언지하에 거절해서 그녀는 너무 기뻤다.

그러면서도 한편으로는 불안했다. 한매선이 절대로 순순히 물러날 여자가 아니라는 것을 너무도 잘 알기 때문이다.

"진 조장!"

진검룡이 몸을 돌려 주루 뒷문으로 걸어가자 궁의는 움찔 놀라 급히 불렀다.

"무력을 쓰게 하지 마시오."

궁의의 목소리에 위협이 깔렸다. 정중함이 사라지고 본성을 드러내는 순간이다.

진검룡은 궁의가 이류무사 정도 수준이라는 사실을 이미 간파했다.

위협을 가해도 진검룡이 걸음을 멈추지 않자 궁의는 두 발로 힘껏 바닥을 박차고 몸을 솟구쳐 그에게 쏘아갔다.

한 차례 도약에 탁자 세 개를 단번에 뛰어넘어 일 장 반을 날아서 곧장 진검룡의 등을 낚아채 갔다.

슈욱!

날렵하고 깔끔한 솜씨다. 또한 실전을 많이 경험해 본 노련한 동작이기도 하다. 그 정도면 진원분타의 당주 급과 비슷한 수준일 것이다.

사실 그는 예전에 진원분타의 황룡당주였다가 한매선에게 영입됐었다.

진검룡은 궁의의 공격을 모르는지 아니면 무시하는 것인지 묵묵히 걸어가기만 하고 있다.

궁의는 자신의 공격이 실패할 것이라고는 터럭만큼도 예상하지 않았다.

한매선 측근에 있는 십여 명의 호위무사 중 한 명인 그가 진원분타의 일개 조장을 급습으로 제압하지 못한다는 것은 말이 되지 않는다.

궁의는 진검룡의 왼쪽 어깨를 움켜잡기 직전에 손을 활짝 벌려 독수리 발톱처럼 만들었다.

손가락이 어깨를 파고들게 하여 약간의 고통을 느끼게 하려는 것이다.

그리고 그것은 고분고분 말을 듣지 않은 것에 대한 작은 징벌의 의미가 담겨 있었다.

궁의의 날카로운 손이 진검룡의 어깨를 움켜잡으려는 순간 그의 어깨가 슬쩍 앞으로 굽혀졌다.

특별한 동작이 아니라 마치 걸으면서 약간 어깨를 흔드는 정도였을 뿐이다.

"헛?"

궁의는 손이 허공을 움켜잡자 다급한 신음을 터뜨리며 몸이 기우뚱했다.

진검룡의 어깨를 움켜잡으면서 몸의 균형을 잡으려고 한 것이 실패하자 균형을 잃은 것이다.

쿵!

"윽!"

궁의는 어깨를 아래로 한 채 그대로 바닥에 고꾸라지며 답답한 신음을 토해냈다.

어깨가 부서지는 듯한 고통이 엄습했다. 쓰러져 있는 그는 진검룡이 아무 일 없다는 듯 걸어가고 있는 뒷모습을 쳐다보며 와락 인상을 구겼다.

'이 자식!'

그는 이를 부득 갈면서 진검룡을 향해 번쩍 신형을 날렸다.

방금 전의 실패는 자신이 실수를 한 탓이지 진검룡이 피했다고 생각하지 않았다. 무지한 자들의 고집은 지나치도록 집요한 편이다.

진원분타의 일개 조장 따위가 자신의 급습을 피했을 리 없기 때문이다.

휙!

그는 머리가 천장에 거의 닿을 정도로 높이 솟구쳤다가 하강하면서 발뒤꿈치로 진검룡의 뒤통수를 찍어갔다.

그는 도를 사용하지만 권각술에 일가견이 있었다. 그래서 평소에도 무기를 지니고 다니지 않는다.

그는 처음에 진검룡의 뒤통수를 겨냥했다가 살짝 방향을 틀어 적중 부위를 어깨로 바꿨다.

이 정도로 세게 발뒤꿈치를 뒤통수에 맞으면 죽거나 중상을 입을 수 있기 때문이다.

발뒤꿈치가 진검룡의 오른쪽 어깨 한 자 거리에 이르자 궁의의 입가에 회심의 미소가 피어올랐다.

상대가 축하주를 거절했으니 벌주를 주는 것은 당연하다.

그것은 또한 그의 상전인 한매선의 방식이기도 하다. 그녀는 진검룡을 자신에게 데려오라고 했지 무슨 방법을 사용하라고는 말하지 않았었다.

그런데 한순간 궁의의 입가에 떠올랐던 미소가 씻은 듯이 사라졌다.

척!

진검룡이 뒤도 돌아보지 않은 채 오른손을 어깨 위로 들어올려 궁의의 발목을 가볍게 붙잡았기 때문이다.

"으어어······."

다음 순간 궁의의 입에서 벙어리가 물웅덩이에 빠져서 살려달라고 비명을 지르는 듯한 소리가 흘러나왔다.

진검룡이 그의 발목을 잡고 허공에서 한 바퀴 크게 회전시켰다가 슬쩍 내던졌기 때문이다.

우지끈!

"으악!"

그는 머리로 탁자와 의자를 박살 내면서 볼썽사납게 바닥에 내동댕이쳐졌다.

그것으로 그는 혼절해 버렸다.

반 시진 후에 그는 깨어나서 엉금엉금 기다시피 돌아갔다.

第十五章
납치

大中原

낭랑은 저녁때가 돼서야 잠에서 깼다.

지난밤에 술을 입에 들이붓다시피 한 탓에 술에 취했다기보다는 아예 혼절을 한 상태였었다.

'으으······.'

머리가 산산이 쪼개지는 것 같고 속이 메슥메슥한 게 토할 것만 같았다.

그러나 그보다도 알 수 없는 답답함 때문에 미쳐 버릴 것만 같은 기분이었다.

그녀는 부스스 일어나 앉아서 눈을 깜빡거리며 주위를 두리번거렸다.

어두컴컴한데 아직 석양의 잔광이 남아서 실내의 사물을 어렴풋이 구별할 수가 있다.

그녀는 이곳이 진검룡이 묵는 별채의 마루라는 사실을 깨닫고 안도의 한숨을 토해냈다.

그녀는 자신이 아무리 술에 취했더라도 진검룡의 별채에서 자면 안심이라고 생각했다.

그를 많이 알지는 못하지만 그가 여자에 대해서 초연하다는 사실만은 분명하게 알고 있었다.

겉으로는 과묵하고 정의로운 체하면서도 속으로 여자를 밝히는 사내는 수없이 많다.

하지만 낭랑이 알고 있는 한 진검룡은 진짜 여자에 대해서 초연한 사내였다.

남랑곡에서 낭랑과 주소영이 은밀한 부위에 치명적인 중상을 입어서 치료를 할 때에도 진검룡의 맑은 눈빛은 추호도 흐려지지 않았었다.

그것은 아무나 할 수 있는 일이 아니다. 오로지 굳건한 마음을 갖고 있는 사내만이 가능하다.

낭랑은 세상에 여자를 싫어하는 남자는 없다고 확신한다.

그런 점에서 봤을 때 진검룡도 여자를 싫어하진 않는다. 다만 함부로 정을 남발하고 아무 여자에게나 침을 흘리는 보통 남자가 아닐 뿐이다.

낭랑이 진검룡의 별채에 와서 자는 가장 큰 이유는, 아무리 술에 취해도 그가 자신을 거들떠보지도 않을 것이라는 믿음 때문이었다. 그러므로 그의 곁에서 자면 안심이다.

그리고 두 번째 이유가 돈을 절약할 수 있다는 것이다.

'엇?'

그때 낭랑은 앉아서 두 다리를 쭉 뻗고 있는 자신의 하체가 이상한 것을 발견했다.

바지가 무릎에 걸쳐져 있는 것이다. 더구나 속곳이 둔부 한 쪽으로 치우쳐져서 은밀한 부위가 노출되어 있었다.

멍한 정신으로 살펴보니 상의도 목까지 말려 올라가서 젖가슴이 그대로 드러난 상태다.

'에구… 못살아.'

그녀는 자신의 술버릇을 잘 알고 있다. 그래서 자신의 이런 모습이 잠결에 몸부림친 결과이지 진검룡의 짓이 아니라고 생각한다.

단지 이런 꼴을 하고 자는 모습을 진검룡이 봤을 것이라고 생각하니까 어이가 없다 못해서 가슴이 답답해졌다.

'이제부터는 여기에서 자지 말까?'

문득 그런 생각이 들었으나 곧 고개를 가로저었다. 이곳 외에 잘 만한 곳이 한 군데도 없기 때문이다.

또한 술에 만취해서 다른 곳에서 자다가 이런 엉망진창인 꼬락서니를 다른 사람에게 보여준다는 것은 상상조차 하기 싫었다.

하지만 이상하게도 진검룡은 괜찮다. 그가 보는 것은 조금 부끄럽기는 하지만 견딜 만했다.

그녀는 옷매무새를 대충 고치고 일어나서 두 팔을 머리 위로 쳐들며 한껏 기지개를 켰다.

"……."

기지개를 켜면서 동시에 하는 행동이 입을 크게 벌리고 늘어지게 하품을 하는 것이다.

그런데 어떻게 된 영문인지 하품이, 아니, 입이 벌려지지가 않았다.

그뿐만이 아니다. 목소리가 나오지 않았다. 심지어 신음소리조차 흘러나오지 않았다.

두 손으로 턱과 입을 붙잡고 아무리 벌려보려고 애를 써도 입술이 찢어질 것처럼 아플 뿐이지 악다물어진 이빨은 요지부동이다.

발버둥을 치던 그녀는 일각 만에 포기하고 뜨거운 콧김을 뿜으면서 그 자리에 주저앉고 말았다.

'왜 그러지? 설마… 추운 곳에서 잤기 때문에 입이 돌아간 것인가?'

그럴 가능성도 있다.

'아니면… 술을 너무 많이 마셔서 탈이 난 건가?'

그럴 가능성도 배제할 수 없다.

'아니면… 도대체 왜 이렇게 된 거지?'

지식은 그다지 박식하지 않고 경험은 조금 풍부한 그녀의 머리로는 도저히 자신이 이렇게 돼버린 원인이 떠오르지 않았다.

'으으으… 이대로 영원히 입이 벌어지지 않는다면…….'

낭랑의 얼굴이 새하얗게 질렸다.

'술을… 마시지 못할 거야……. 아아… 절망이야…….'

과연 그녀다운 절망감이다.

남랑곡에서 죽음이 목전에 이르렀을 때에도 다부지게 버텼던 그녀의 눈에서 눈물이 샘물처럼 흘러내렸다.

그녀가 주저앉아서 펑펑 울고 있을 때 진검룡이 들어섰다.

그를 발견한 낭랑의 얼굴에 비장함과 희망이 어지럽게 교차했다. 지옥에서 조상님을 발견한 듯한 표정이다.

그가 곧장 방으로 들어가려는 것을 보고 낭랑은 번개같이 몸을 날려서 두 팔로 그의 한쪽 발을 끌어안고는 눈물을 흘리면서 침묵의 절규를 했다.

'으흐흐흑! 존경하는 조장님! 가엾은 소녀를 부디 고쳐 주세요! 네?'

입 밖으로 말은 할 수 없지만 그녀의 표정은 그렇게 외치고 있었다.

진검룡은 방갓 아래로 묵묵히 낭랑을 굽어보았다.

낭랑은 마치 천하에서 가장 불쌍한 어린 소녀의 표정으로 하염없이 눈물을 흘리면서 그를 올려다보았다.

이럴 때는 수만 마디 말보다 그저 '침묵의 애원'이 효과적이라는 사실을 경험을 통해서 잘 알고 있는 그녀다.

진검룡은 그녀를 물끄러미 굽어보다가 이윽고 한 손을 뻗어 그녀의 제압됐던 아혈과 입이 벌어지지 않게 제압했던 혈도를 풀어주었다.

그리고는 한마디 말도 없이 방으로 들어가 버렸다.

낭랑은 그가 자신을 치료했다고는 생각하지 않았다. 아니, 할 수가 없었다.

상태가 이토록 위중한데 그는 단지 손가락으로 그녀의 입 주변과 턱, 목을 몇 번 건드렸을 뿐이기 때문이다.

그녀는 자신이 이처럼 절박한데도 진검룡이 관심도 갖지 않고 건성으로 살펴보고는 방으로 들어간 것이 너무도 원망스러웠다.

그래서 그녀는 방문을 왈칵 열고 짓쳐들어 가면서 온갖 저주를 퍼부었다.

"야! 이놈아! 병에 걸려서 죽어가는 수하를, 그것도 여자를 외면하다니, 그러고도 네가 조장이냐? 에라! 천벌을 받아 뒈질 놈아!"

진검룡은 벽을 등지고 놓여 있는 당궤(唐机:책상) 앞 의자에 앉아서 묵묵히 낭랑을 쳐다보았다.

낭랑은 진검룡 앞으로 한달음에 달려가면서 소매를 둥둥 걷어붙이며 입에 거품을 물고 악을 썼다.

"이 자식아! 이럴 거면 그때 남랑곡에서 죽게 내버려 두지 뭣 하러 살려내서 이 고생을 시키는 거냐? 네놈이 살려낸 목숨이니까 네가 끝까지 책임져라! 엉?"

진검룡은 대꾸하지 않고 당궤에 차곡차곡 쌓여 있는 몇 권의 서책 중에 한 권을 집어서 펼쳤다.

그가 자신을 무시하자 낭랑은 머리끝까지 화가 치밀어서 길길이 날뛰었다.

"이 자식아! 내가 다 죽어가는데도 책이 눈에 들어오냐? 내가 이대로 술을 못 마시고 죽으면 원귀가 돼서라도 네놈에게 해코지를 하고야 말 테다!"

진검룡은 책에서 시선을 떼지 않고 조용히 물었다.

"어디가 아프냐?"

"입이 벌어지지 않아서 술도 못 마시고 말도 한마디도 못 하고… 응?"

악을 쓰면서 외치던 낭랑은 멍한 표정을 짓더니 소스라치게 놀라며 자신의 입과 턱을 만졌다.

"아아……! 고쳐졌어……. 말을 할 수가 있어……. 세상에……."

그녀는 감격과 고마움이 범벅된 표정으로 눈물을 글썽이면서 당궤를 돌아 진검룡 옆으로 다가갔다.

그의 옆에 이르더니 그녀는 갑자기 와락 그를 껴안으면서 눈물을 흘렸다.

"고마워요, 조장님. 두 번씩이나 소녀의 생명을 구해주시다니……. 소녀 이제부터 조장님 말씀이라면 죽는 것도 서슴지 않겠어요. 소녀의 목숨은 조장님 것이에요."

진검룡은 아직도 술 냄새를 풀풀 풍기고 있는 그녀를 떼어내고 나가라는 손짓을 했다. 그는 낭랑의 말을, 아니, 맹세를 눈곱만큼도 믿지 않는다.

낭랑은 진검룡에게 공손히 허리를 굽혀 인사하고는 요조숙녀처럼 사뿐사뿐 걸어서 문으로 걸어갔다.

진검룡은 서책을 읽으면서 중얼거렸다.

"다시는 여기에 오지 마라."

막 문을 나가려던 낭랑은 살며시 돌아보면서 한 손을 뺨에 대고 수줍게 미소 지었다.

"그건 어렵겠어요."

진검룡은 방갓을 당궤 귀퉁이에 벗어놓은 채 독서삼매에 빠져 있었다.

당궤에 놓여 있던 이십여 권의 서책들은 예전에 무악 부친이 읽던 것들인데 보존을 잘해서 상태가 좋았다.

지금 진검룡이 읽고 있는 서책은 전국시대(戰國時代) 때 오기(吳起)가 지은 병법서(兵法書)인 오자(吳子)다.

손자(孫子)의 병법서와 더불어 명저서로 알려져 있으며, 총 육 권으로 도국(圖國), 요적(料敵), 치병(治兵), 논장(論將), 응변(應變), 여사(勵士)로 되어 있다.

지금 진검룡 앞에 놓여 있는 서책은 치병이며, 군사를 어떻게 관리하고 다스리는지에 대해서 자세히 기술되어 있었다.

오자의 병법서는 예전에 이미 외울 정도로 읽은 책이지만, 무료함을 달래려고 다시 읽어보는 것이다.

과거 무악 부친은 단왕가의 사병이었다고 했는데, 일개 하급 군사가 오자의 병법서 같은 어려운 서책을 읽는다는 것은 극히 드문 일이다.

그로 미루어 무악 부친은 꽤 학식이 높으며 포부가 컸을 것이라는 사실을 짐작할 수가 있었다.

그때 별채 밖에서 발자국 소리가 들렸다. 보폭이 짧고 발끝으로 걷는 걸음걸이는 무악의 것이다.

평소 발자국 소리보다 조금 더 묵직한 것으로 미루어 진검룡의 늦은 식사를 갖고 오는 모양이다.

"사부님, 계십니까?"

조심스럽고 공손한 목소리가 들렸다.

진검룡은 독서삼매에 빠져 있느라 무악에게는 신경을 쓰지 않았다.

그리고는 무악이 마루로 올라와서 방문 앞으로 다가오는

조심스러운 발소리가 이어졌다.

스르.

"사부님……."

무악은 커다란 쟁반을 두 손으로 들고 방으로 들어서면서 실내를 두리번거렸다.

난초가 놓여 있는 쪽이 온통 창이라서 그곳을 통해 부윰한 달빛이 스며들어 실내를 흐릿하게나마 밝히고 있을 뿐인 어둠 속을 무악은 조심스럽게 한 걸음씩 안으로 들어왔다.

그러다가 벽을 등지고 당궤 앞에 앉아 있는 시커먼 모습의 진검룡을 발견하고 소스라치게 놀랐다.

"앗!"

그 바람에 놓친 쟁반이 바닥으로 떨어졌다.

슉!

순간 진검룡이 읽고 있던 서책을 쟁반을 향해 던졌다.

삭—

펼쳐진 상태로 날아간 서책은 떨어지고 있는 쟁반 아래에 밀착된 듯한 상태로 멈췄다.

스으…….

이어서 서책과 쟁반은 깃털처럼 사뿐히 바닥에 내려졌다.

"아……."

무악은 망연자실한 표정으로 아래를 내려다보고 있었다.

사실 그는 손에서 쟁반을 놓친 순간부터 정신이 반쯤 나가 있는 상태였다.

쟁반을 놓쳤다는 것, 그래서 쟁반이 바닥에 떨어져 사부께 드릴 식사가 엉망이 돼버릴 것이라는 예상 때문이다.

그런데 약간의 시간이 흘렀는데도 아무런 소리도 들리지 않았다.

그가 예상했던 요란한 소리도, 밥과 요리가 사방으로 튀는 난리도 벌어지지 않았다.

그때 진검룡이 화섭자(火攝子)를 꺼내 당궤에 놓인 초에 불을 붙였다.

갑자기 실내가 환해지자 무악은 화들짝 놀라서 뒤로 두 걸음이나 물러났다가 진검룡을 발견하고서야 안도의 표정을 지었다.

"사부님……."

그는 갑자기 무슨 생각이 나서 급히 바닥을 쳐다보다가 크게 놀랐다.

"아……."

그의 예상처럼 쟁반이 박살 나지 않고 고스란히 바닥에 내려져 있었다.

탕은 국물이 그릇 밖으로 흐르지 않았고, 반찬도 전혀 흐트러지지 않았다.

"휴우… 다행이다."

무악은 안도의 한숨을 토해내다가 문득 도대체 어떻게 쟁반이 아무렇지도 않은 것인지 이상한 생각이 들었다.

그는 진검룡과 쟁반을 번갈아 쳐다보았다.

쟁반을 떨어뜨렸으면 박살 나는 것이 당연한데, 그런 일이 벌어지지 않았기 때문에 진검룡이 어떤 수법을 발휘하지 않았을까 하고 생각하는 것이다.

진검룡은 그저 담담하게 무악을 바라보고 있을 뿐이다.

무악은 고개를 갸웃거리면서 아무리 궁리해 봐도 어떻게 된 일인지 도저히 상상조차 할 수 없었다.

이윽고 그는 조심스럽게 몸을 굽혀 두 손으로 쟁반을 들어 올렸다.

"아!"

그때 그는 쟁반 아래에 놓여 있던 펼쳐진 서책을 발견하고 깜짝 놀랐다. 그는 그것이 진검룡이 읽고 있던 책이라고 생각했다.

이윽고 그는 무엇인가를 깨닫고 진검룡을 바라보며 대경실색하는 표정을 지었다.

"사부님께서……."

*   *   *

진원현을 벗어나서 남쪽으로 오백 장쯤 떨어진 숲 속에 낡은 관제묘(關帝墓)가 하나 있다.

지금 그곳에는 진원현에 표적을 죽이러 잠입한 세 명의 사내가 한자리에 모였다.

그들은 각기 흑의, 홍의, 갈의경장을 입었으며, 모두 어두운 색 계통의 옷이다.

어깨에는 한 자루씩의 검을 멨고, 허리에는 검은 가죽 주머니를 하나씩 차고 있었다.

흑의인은 사십대 초반, 홍의인은 삼십대 후반, 갈의인은 삼십대 중반의 나이였다.

이들 세 인물에게는 몇 가지 공통점이 있었다.

첫째, 절대무심의 얼굴을 가졌다.

둘째, 어떠한 사람다운 느낌이나 기운도 풍기지 않았다.

셋째, 그럼에도 불구하고 겉으로 보기에는 매우 평범한 외모를 지녔다.

지금 이들 세 명은 표적에 대해서 알아낼 수 있는 방법을 이리저리 구상하고 있는 중이었다.

진원현에 들어온 지 벌써 사흘째인데 이들은 표적에 대해서 아무것도 알아낸 것이 없는 상황이다.

그런데 아무리 궁리를 해봐도 마땅한 방법이 없다. 거기에는 그럴 수밖에 없는 이유가 있다.

이들이 표적에 대해서 갖고 있는 정보가 너무도 미흡하기 때문이다.

이들에게 표적을 암살하라고 청부한 인물은 극히 단편적인 정보만을 제공했었다.

게다가 그 정보들은 하나같이 표적의 예전 신분에 관한 것들뿐이었다.

표적의 지금 상황에 대한 정보는 천의맹 곤명지부 휘하 진원분타의 조장으로 부임했다는 것이 전부다.

진원분타에는 조장이 이십 명이나 된다. 그들 중에 누가 새로 부임한 조장인지 알아낼 방법이 없다.

"형님들, 이래서는 허송세월만 보내게 됩니다. 진원분타 무사에게 직접 물어봅시다."

이윽고 갈의인이 어렵사리 입을 열었다. 살수가 표적의 주변 사람에게 접근하는 것은 금기지만 지금으로선 어쩔 수 없는 상황이다.

이들 세 사람은 한 어머니에게서 태어난 형제로서, 십여 년 넘게 함께 살수 생활을 해오고 있었다.

갈의인이 막내고, 홍의인이 둘째, 그리고 흑의인이 맏형이다.

"그 방법밖에 없겠습니다, 형님."

이번에는 둘째가 나직이 고개를 끄덕였다.

맏형 흑의인은 한동안 말없이 고개를 숙인 채 깊은 생각에 잠겨 있었다. 다른 방법을 궁리하고 있는 것이다.

둘째와 막내는 참을성있게 기다렸다. 이들에게 있어서 기다림이란 미덕 같은 것이다.

그로부터 한참이 더 지나서야 맏형은 이윽고 고개를 끄덕이며 쇠끼리 긁는 듯한 목소리를 흘려냈다.

"여무사를 선택하자."

"알겠습니다."

무엇인가를 물을 때는 남자보다 여자가 여러 면으로 유리하다. 표적이 젊은 사내일 경우에는 더 그렇다. 여자가 젊은 사내에게 관심을 갖는 것은 당연한 일이다.

경우에 따라서 윽박질러야 할 때에는 남자보다 여자가 더 겁을 먹는다. 그리고 이해타산이 밝다.

이들 세 명의 살수는 강호에서 단명삼살(斷命三殺)이라고 불린다.

강호 살수계(殺手界)의 수만 명의 살수들은 십 등급으로 분류되는데, 이들 단명삼살은 그중에서도 일급 살수들이다.

살수계에는 일급 살수들이 백여 명에 불과하고, 만약 일급 살수를 더 세분(細分)한다면 단명삼살은 특급 살수(特級殺手)에 속할 것이다.

"그런데 어떤 방법으로 물어봅니까?"

막내 소살(笑殺)이 진지하게 물었다. 그는 표적을 죽일 때 잔인한 미소를 짓는다고 해서 그런 별호를 얻었다.

"글쎄……."

잔인함이나 무자비함이라면 얼마든지 자신있는데, 여자에게 물을 때는 어떻게 해야 하는지 배운 적도, 해본 적도 없는 이들이다.

"막내 네가 해라."

맏형 잔살(殘殺)이 턱으로 소살을 가리켰다.

"소제가 말입니까?"

피도 눈물도 없는 잔인함으로 '잔살'이라는 별호를 얻은 맏형은 슬쩍 미간을 좁혔다.

"내가 하랴?"

"아닙니다……."

소살은 급히 고개를 숙였다.

표적을 죽일 때 반드시 가축을 죽일 때처럼 하는 둘째 도살(屠殺)이 넌지시 말했다.

"막내, 너는 우리 셋 중에서 제일 잘 웃잖느냐."

소살은 할 말을 잃었다. 셋 중에서는 그래도 그가 제일 잘 웃는 편이다.

단지 표적을 죽일 때 짓는 잔인한 미소가 여자에게 먹힐지 어떨지에 대해서는 자신이 서지 않았다.

*   *   *

"조장!"

저녁나절에 밖에 나갔던 낭랑이 허겁지겁 별채로 달려들어 오며 호들갑스럽게 외쳤다.

서책을 읽고 있던 진검룡은 방 안으로 뛰어들어 오는 낭랑을 묵묵히 쳐다보았다.

낭랑은 한 손으로 당궤를 잡고 허리를 굽힌 채 숨이 차서 헐떡거리며 손짓을 했다.

"헥헥헥……. 저기… 말이야… 큰일 났어……."

그녀는 아직 완전히 치료된 몸이 아닌데도 뛰어다니는 바람에 상처가 마구 쑤셔댔다.

"에구구… 무지하게 아프다."

그녀는 한 손으로 당궤를 짚은 어정쩡한 자세로 다리를 넓게 벌리고 사타구니 안으로 깊숙이 손을 넣어 둔부 아래쪽 허벅지의 상처를 쓰다듬다가 진검룡을 의식하고는 얼른 옆구리를 만졌다.

"옆구리가……."

진검룡은 그녀의 호들갑이 별일 아니라고 여긴 듯 다시 서책으로 시선을 주었다.

"조장, 내가 거리를 어슬렁… 아니, 볼일이 있어서 나갔다 오다가 뭘 봤는지 알아?"

진검룡에게서 대답 같은 것을 기대하지 않는 낭랑은 계속 종달새처럼 종알거렸다.

"어떤 자식들이 누군가를 막 끌고 가는 거야. 그런데 누가

끌려갔는지 궁금하지 않아?'

척!

낭랑은 작고 흰 손바닥을 펼쳐서 진검룡에게 내밀며 사악한 미소를 지었다.

"궁금하면 돈 내. 싸게 해줄게."

그녀가 빤히 바라보는데도 진검룡은 서책 읽기에만 열중하고 있다.

그가 내용을 알면 흥미를 보일 텐데, 그렇다고 내용을 말해주면 돈을 받아낼 수가 없는 상황이다.

"은자 열 냥. 깎을 생각 하지 마."

"나가라."

"다… 섯 냥. 그 밑으로는 절대 안 돼."

팔락.

진검룡은 조금도 관심없다는 듯 책장을 넘겼다.

"이 집을 나가서 다시는 오지 마라."

낭랑은 피가 나도록 입술을 깨물었다.

"두, 두 냥. 이거 아주 싼 거야. 두 냥 아끼다가 평생 후회하게 된다구."

낭랑은 밑지고 파는 안타까운 장사치의 표정을 지었다.

그때 바깥에서 무악의 숨넘어가는 소리가 들렸다.

"사부님!"

왈칵!

문을 부술 듯이 열고 달려들어 온 무악은 사색이 된 얼굴로 한 장의 서찰을 진검룡에게 내밀었다.

"이, 이것 좀 읽어보세요, 사부님!"

―경혼조장, 옥청을 찾으려면 한매궁(寒梅宮)으로 와라.

서찰을 읽은 진검룡의 표정이 가볍게 변했다. 그는 서찰의 짧은 글을 읽는 동안 몇 가지 사실들을 알아냈다.

'옥청'은 무악의 어머니일 것이다. 그리고 '한매궁'은 한매선이 사는 곳일 게다.

한매선이 수하를 시켜서 옥청을 납치한 후에 진검룡을 끌어들이려는 것이다.

무악이 초조한 얼굴로 급히 말했다.

"어머니 성함이 옥청이에요. 사부님, 어떻게 하면 좋죠?"

진검룡의 미간이 좁혀졌다. 청룡검대주 시절에 그가 가장 증오하던 짓이 납치였다.

본인의 의견은 묻지도 않은 채 멋대로 누군가를 잡아가서 많은 사람들을 애타게 만드는 것으로 자신들의 목적을 달성하는 것이 바로 납치다.

진검룡은 힐끗 낭랑을 쳐다보았다.

"힉?"

낭랑은 소스라치게 놀라 바짝 움츠러들었다.

"자, 장난 좀 친 거예요, 조장님. 화내지 마세요."

그녀는 필요와 상황에 따라서 존대를 했다가 반말을 했다가 제멋대로다.

슥―

"네가 본 사람이 누구냐?"

진검룡은 방갓을 쓰고 일어서면서 물었다.

낭랑은 그가 지금처럼 차가운 표정을 짓고 또 싸늘하게 말하는 것을 처음 보았다.

"에… 또… 그러니까… 주모예요. 이곳 주루의 주모, 얘네엄마 말이죠. 옥청이라고 했죠? 방금."

"너는 그 광경을 보고 뭘 했느냐?"

"조장님에게 알려 드리려고 부리나케 달려왔어요. 정말이에요. 믿어주세요."

그녀는 두 손을 모으고 눈물까지 글썽였다.

하지만 방금 전까지 돈을 요구하던 그녀의 말을 믿을 진검룡이 아니다.

콱!

"앗!"

진검룡은 낭랑의 멱살을 잡고 번쩍 들어서 밖으로 나갔다.

"조, 조장님! 말로 해요, 말로!"

그는 별채 입구에서 마당으로 낭랑을 가볍게 집어 던졌다.

"아악!"

낭랑이 애처로운 비명을 지르며 마당 구석으로 날아갈 때,
진검룡은 신발을 신으며 무악에게 말했다.

"가자."

第十六章
한매궁(寒梅宮)

大中原

해시(밤 10시).

쉬이이—

인적이 끊어진 텅 빈 거리를 한줄기 흑영(黑影)이 바람처럼 쏘아가고 있다.

진검룡이 왼팔로 무악을 옆구리에 끼고 경공을 전개하고 있는 것이다.

그는 단지 삼성(三成)의 공력으로 경공을 전개하는데도 준마가 달리는 것보다 두 배 가까이 빠른 속도다.

그의 옆구리에 매달린 무악은 너무 놀라서 어머니가 납치됐다는 사실마저도 잠시 망각했다.

'마, 말도 안 돼……. 어떻게 사람이 이토록 빠를 수가 있단 말인가?'

그러나 그는 꿈을 꾸고 있는 것이 아니다. 그가 겪고 있는 것은 엄연한 현실이었다.

'과연 사부님께선 평범한 분이 아니셨어. 아니, 진원분타 분타주만큼 무공이 고강하신 분이 틀림없어!'

"악아, 아직 멀었느냐?"

그때 진검룡이 묻는 바람에 무악은 번쩍 정신을 차렸다.

급히 주변을 둘러보다가 무악은 다급히 한곳을 가리키며 소리쳤다.

"저, 저기예요, 사부님!"

슛.

순간 진검룡은 낙엽 하나가 바닥에 떨어지듯 가볍게 그 자리에서 멈추었다.

그는 무악을 내려놓고 그가 가리킨 장원을 향해 우뚝 섰다.

한매궁은 진원현 한복판을 남북으로 가로지르는 대로의 북쪽 끝에 위치해 있었다.

그런데 그 규모가 실로 거대했다. 담에 가려서 안은 보이지 않지만, 전문 양쪽으로 길게 뻗은 담의 길이가 각각 무려 백여 장 이상에 이를 정도였다.

마차가 한꺼번에 두 대 이상이 나란히 통과할 정도의 거대한 전문 위에는 '寒梅宮'이라는 용사비등(龍蛇飛騰)한 글씨체의 커다란 현판이 걸려 있었다.

진검룡은 한매궁 내를 채 한 바퀴 돌아보기도 전에 옥청이
어디에 있는지 감지해 냈다.

그가 진원현에 도착해서 제일 먼저 만난 사람이 무악과 그
의 모친 옥청이고, 그것이 인연이 되어 그들의 집에 머물게
되었다.

그렇기 때문에 일부러 알려고 하지 않아도 두 사람의 숨소
리와 심장박동 소리 등을 인식하고 있는 것은 당연했다.

진검룡의 능력으로는 최대 삼 리 이내의 숨소리를 감지할
수 있다.

옥청의 숨소리가 감지된 곳은 한매궁 뒤쪽이다. 그런데 매
우 미약했다.

한매궁이 커봐야 수백 장일 텐데, 그녀의 숨소리가 미약하
게 감지된다는 것이 좀 신경 쓰였다.

그것은 그녀가 평범한 전각이 아닌 지하 같은 깊숙한 곳에
감금되어 있다는 뜻이었다.

한매궁은 총 백여 채의 크고 작은 전각들로 이루어졌는데,
진원분타 정도는 측간으로 여겨질 정도로 거대한 규모다.

진검룡은 전각과 전각 사이를 육안으로는 구별하기 어려
울 정도의 속도로 빠르게 쏘아갔다.

늦은 밤이라서 한매궁 내에는 돌아다니는 사람이 한 명도

보이지 않았다.

옥청을 납치했으면 진검룡이 찾아올 것이라는 사실을 예상할 텐데도 아예 무방비 상태다.

그 이유는 세 가지로 추측할 수 있다.

첫째는, 진검룡이 주루의 주모 따윈 신경 쓰지 않기 때문에 그녀를 찾으러 오지 않는다는 것.

둘째는, 한매궁에 온다고 해도 내일 날이 밝은 다음에 온다는 것.

셋째는, 진검룡을 별로 대수롭지 않은 존재로 여긴 것.

무인지경을 쏘아가던 그의 전방에 불이 환하게 밝혀진 곳이 나타났다.

높이가 칠팔 장에 이르는 거대한 창고인데 그 앞과 주변에는 곳곳에 관솔불과 모닥불이 타오르고 있으며, 수십 명의 무사들이 엄중하게 지키고 있었다.

슉!

진검룡은 달리는 것을 멈추지 않고 비스듬히 허공으로 솟구쳤다가 창고 지붕을 살짝 밟고는 계속 쏘아갔다. 그의 관심사는 옥청을 구하는 것이지 창고 같은 것이 아니다.

숫.

그가 멈춘 곳은 한매궁의 가장 뒤쪽에 있는 완만한 경사의 인공 가산(人工假山)이었다.

가산에는 제법 나무가 많이 있으며 위쪽을 향해 오솔길이나 있었다.

아까보다는 조금 더 또렷해진 옥청의 숨소리는 가산 위쪽에서 감지되고 있었다.

그는 즉시 오솔길을 쏘아 올라가다가 잠시 후에 멈추었다.

'뇌옥?'

가산 중턱에 멈춘 그의 얼굴이 굳어졌다. 그의 앞에 펼쳐져 있는 것은 분명히 뇌옥의 입구였다.

입구는 굳게 철문이 닫혀 있으며, 양쪽 기둥에는 관솔불이 타오르고, 두 명의 무사가 지키고 있는 광경은 무림의 방, 문파나 관가에서나 볼 수 있는 뇌옥이 틀림없었다.

옥청은 저 뇌옥 안에 갇혀 있었다. 그래서 그녀의 숨소리가 희미하게 감지됐던 것이다.

그런데 한매궁에 저런 뇌옥이 있다는 사실이 이상했다. 그러고 보니 진검룡은 자신이 한매궁에 대해서 아무것도 모른다는 사실을 깨달았다.

그러나 인공 가산 깊숙한 곳에 뇌옥까지 갖추고 있는 것으로 미루어 건전한 집단은 아닌 듯했다.

진검룡은 나뭇가지 사이로 뇌옥 입구 주변을 살펴보았으나 입구를 지키는 두 명의 무사밖에 없었다.

그는 나무에서 나뭇잎 두 개를 따서 오른손에 쥐고는 뇌옥 입구를 향해 곧장 짓쳐 갔다.

슈우—

뇌옥 입구를 지키던 두 명의 무사는 느닷없이 자신들을 향해 무서운 속도로 쏘아오는 한 명의 방갓인을 발견하고 움찔 놀라 급히 손을 어깨에 메고 있는 검으로 가져갔다.

피잉!

순간 진검룡이 오른손 손목을 굽혔다가 펼치자 한줄기 누런 색 빛살이 무사들을 향해 일직선으로 쏘아 나갔다.

그것은 중간에서 두 줄기로 갈라지더니 두 무사의 얼굴을 향해 계속 쏘아갔다.

파곽!

두 줄기 빛은 두 무사의 미간 한복판에 정확하게 적중됐다가 튕겨졌다.

쿵! 쿵!

그들은 어깨의 검을 만져 보지도 못한 채 뒤로 묵직하게 쓰러졌다.

그리고 그들 몸 위로 방금 그들의 미간을 적중시켰던 두 개의 나뭇잎이 팔랑거리며 내려앉았다.

적엽비화(摘葉飛花)라는 절정수법이다. 가볍기 짝이 없는 나뭇잎에 내공을 주입하여 발출하면 내공 수위에 따라서 나무에 꽂히기도 하고, 암석에 꽂히기도 한다.

진검룡이 최대로 실력을 발휘하면 나뭇잎을 단단한 돌 속으로 완전히 사라지게 할 수 있었다.

두 명의 무사가 나뭇잎에 적중된 부위인 미간은 벌겋게 약간 부어올라 있었다.

나뭇잎이 미간을 뚫고 들어갔으면 즉사했겠지만, 맞고 튕겨지게 했기 때문에 잠시 혼절한 것뿐이다. 될 수 있으면 살인을 하지 않으려는 진검룡의 의도 덕분이었다.

그들이 쓰러진 것보다 더 빠르게 진검룡은 이미 뇌옥의 철문 앞에 내려서고 있었다.

철문 한가운데의 고리에는 어른 주먹 크기의 자물쇠가 매달려 있었다.

진검룡은 망설임없이 자물쇠를 움켜잡고 가볍게 힘을 주어 비틀었다.

꺼껑!

그러자 자물쇠와 고리가 마치 수수깡처럼 맥없이 비틀려 끊어졌다.

그긍―

진검룡은 부서진 자물쇠를 집어 던지고 거침없이 철문 안으로 달려들어 갔다.

안쪽은 아래로 곧게 뻗은 돌계단이고 양쪽 벽에는 드문드문 유등이 걸려 있어서 별로 어둡지 않았다.

삼 장 정도 길이의 계단 아래쪽 전면은 막혀 있었는데 좌우 양쪽으로 통로가 있었다.

"어이! 위에 무슨 일이야?"

진검룡이 계단을 밟지 않은 채 아래로 쏘아 내려가고 있을 때 계단 아래 우측에서 누군가의 말소리와 발자국 소리가 들렸다. 철문을 여는 소리를 들은 모양이다.

이어서 계단 아래에 무사 한 명이 모습을 나타내며 계단 위를 쳐다보았다.

"문을 열고 들어왔으면 대답을……."

칵!

무사는 말을 하다가 단숨에 계단 아래까지 날아 내리던 진검룡의 발끝에 관자놀이를 찍히고는 뒤로 붕 날아갔다.

진검룡은 무사의 관자놀이를 찍은 힘을 빌어서 계단 우측으로 방향을 꺾어 계속 쏘아갔다.

우측은 지하 통로였는데 무사 한 명이 앉아 있다가 진검룡을 발견하고 놀라는 표정을 지었다.

"어?"

쩍!

진검룡은 비스듬히 하강하면서 발끝으로 무사의 가슴을 찍고는 바닥에 사뿐히 내려섰다.

무사는 입을 크게 벌리고 눈이 튀어나올 듯이 부릅뜬 채 뒤로 날아가 둔탁하게 쓰러졌다.

그의 공격에 당하는 자들은 대부분 비명이나 신음을 지르지 못한다. 급소를 정확하게 가격당하기 때문이다.

또한 그가 내공을 주입하지 않았기 때문에 충격을 받아 잠시 혼절했을 뿐이다.

진검룡이 있는 우측 통로 끝 쪽에서 옥청의 숨소리가 감지되고 있었다.

계단 아래 통로 왼쪽에는 십여 개씩의 철문이 줄지어 있는데 뇌옥인 듯했다.

진검룡은 발자국 소리를 전혀 내지 않고 통로를 걸어가며 철문 위쪽의 쇠창살을 통해서 안을 들여다보았다.

순간 그는 뚝 걸음을 멈추었다.

쇠창살 안은 창조차 없는 매우 넓은 석실인데 통로에 걸린 유등의 흐릿한 빛이 좁은 쇠창살을 통해 비추고 있을 뿐이어서 매우 어두웠다.

하지만 진검룡의 눈에는 대낮처럼 잘 보였다. 석실 안에는 이십여 명의 사람이 갇혀 있었다.

그의 날카로운 눈빛이 빠르게 그들을 훑었다. 그들은 모두 여자들이었다.

그것도 하나같이 십사오 세에서 이십대 초반까지 젊고 아름다운 여자들뿐이었다.

게다가 모두 이족(異族), 즉 소수민족의 여자들이었다.

석실 안의 여자들은 몹시 지치고 초췌한 몰골로 여기저기 삼삼오오 짝을 이루어 서로 안거나 웅크린 채 잠들어 있는 모습이다.

추운 날씨에 온기라고는 한 움큼도 없는 차가운 석실 안에서 서로의 체온으로 견디고 있는 것이다.

깊은 산속에 살고 있는 소수민족들은 법 없이도 살 수 있는 선한 사람들이다.

그런 족속의 여자들이 뭔가 큰 죄를 져서 한꺼번에 한매궁에 잡혀오지는 않았을 것이다.

그렇다면 이해할 수 있는 것은 하나뿐이다.

그녀들은 납치된 것이 분명하다.

문득 남랑곡에 납치됐던 서릉묘족 여자들이 떠올랐다. 어쩌면 한매궁과 남랑곡은 어떤 모종의 관계가 있을지도 모른다는 생각이 들었다.

진검룡은 걸음을 옮겨 옆 쇠창살 안을 들여다보았다.

그곳도 마찬가지였다. 이십오륙 명의 소수민족 여자들이 웅크린 채 잠들어 있었다.

옷차림으로 미루어 방금 본 쇠창살 안의 여자들하고는 다른 족속인 듯했다.

그는 걸음을 멈추지 않고 계속 걸어가면서 쇠창살 안을 들여다보았다.

그가 다섯 개의 석실을 지나는 동안 비어 있는 석실은 하나도 없었다.

각 석실 안에는 적게는 십오 명에서 많게는 삼십여 명까지의 각기 다른 소수민족의 젊고 아리따운 여자들이 짐승처럼 갇혀 있었다. 또한 같은 족속끼리 한 석실에 감금되어 있는 듯했다.

여섯 번째 석실은 비어 있었다. 아니, 한 명의 여자가 구석에 무릎을 세우고 팔로 다리를 끌어안은 채 무릎에 얼굴을 묻고 있었다.

몸을 가늘게 떨고 있는 것으로 미루어 잠을 자는 것 같지는 않았다.

옥청이었다.

드긍—

진검룡은 지체없이 철문을 열고 안으로 성큼 들어섰다.

순간 옥청이 깜짝 놀라 고개를 들고 진검룡을 바라보았다.

"아……."

그녀는 석실 안이 너무 캄캄해서 유등 불빛을 등진 채 들어선 사람이 진검룡이라는 사실을 알아보지 못했다.

그저 자신에게 해코지를 하러 들어온 무사라고 오해해서 자꾸만 뒤로 물러나며 몸을 작게 웅크리며 잔뜩 겁에 질린 표정을 지었다.

그런데 더 이상 물러날 곳이 없다. 아니, 처음부터 구석에 웅크리고 있었기 때문에 몸이 물러난 것이 아니라 겁에 질린 마음만 물러나고 있었다.

척!

그녀를 향해 다가오던 사람이 두 걸음 앞에서 멈춰 섰다.

옥청은 두 팔로 상체를 안은 채 극도로 공포에 질린 표정으로 그 사람을 올려다보았다.

전체적인 윤곽으로 미루어 키가 굉장히 크고 어깨가 딱 벌어진 범강장달이 같은 사람이었다. 그에 비해서 옥청은 너무도 작은 체구였다.

그런데 그 사람이 조용히 입을 열었다.

"나요."

더없이 나직하고 그윽한 그 목소리는 옥청의 귀에 익은 누군가의 것이었다.

"아……."

순간 그녀의 얼굴에서 공포가 씻은 듯이 사라지고 대신 햇살 같은 기쁨이 파도처럼 피어났다.

그녀는 벽을 짚고 비틀거리면서 힘겹게 일어나 진검룡을 바라보았다.

"나리… 인가요?"

"진검룡이오."

"진검룡……."

그때 옥청은 그의 이름을 처음 알게 되었다.

그녀는 이 차디찬 석실에 갇힌 후부터 얼마나 공포에 떨었는지 모른다.

지나온 쓰라린 과거들이 주마등처럼 스쳐 지나가며 자신의 박복한 팔자가 너무도 원망스러웠다.

그녀처럼 기구한 삶을 살아온 여자들은 세상사에 무딜 것 같지만 전혀 그렇지 않다.

오히려 보통 여자들보다 훨씬 더 예민하고 작은 일에도 마음의 상처를 잘 입는다.

그래서 그녀는 진검룡을 보자 왈칵 눈물이 쏟아졌다.

"흐흑……!"

"이제 괜찮소. 집에 갑시다."

진검룡이 부드럽게 말하자 옥청은 그대로 몸을 날려 그에게 안겨들었다.

"으흐흑! 너무 무서웠어요……."

어디에서 이런 용기가 생겼는지 모를 일이다. 하지만 지금은 이러고 싶었다.

이렇게 해야지만 진검룡이 자신을 구하러 온 것이 꿈이 아닌 현실이라는 것을 믿을 수 있을 것만 같았다.

그녀는 두 주먹을 꼭 쥐어 그의 가슴에 대고 가녀린 몸을 작게 더 작게 옹송그리며 하염없이 울었다.

"흑흑흑……."

진검룡은 그녀에게 가슴을 내어주고 그냥 뻣뻣하게 묵묵히 서 있기만 했다.

그런데 옥청의 울음이 그치지 않는다. 아마도 이번 일뿐만이 아니라 남편이 전사한 이후부터 무악을 여자의 몸으로 혼자서 키우며 이날까지 겪고 받아온 온갖 서러움이 지금 이 순간에 한꺼번에 터져 나온 듯했다.

등과 어깨에 지고 있는 짐이 너무나 무거우면, 거기에 지푸라기 하나만 더 얹어도 허리가 부러지고 어깨가 부서지는 법이다.

그릇에 물이, 아니, 슬픔이 가득 담겨 있는 상태에서는, 한 방울의 물만 떨어뜨려도 그보다 열 배 스무 배의 물이 넘쳐서 흘러나오는 법이다.

지금 옥청이 그랬다. 지난날의 온갖 서러움과 슬픔과 고생으로 허리가 부러지고 어깨가 부서졌어도 입술을 깨물면서 참고 견뎠던 그 아픔이 한꺼번에 폭발한 것이다.

진검룡은 그녀를 달래줘야겠다고 생각했다. 그래서 한 손을 들어 그녀의 등에 대고 가만히 있다가 부드럽게 쓸어내려 주었다.

"으흐흐흑!"

그런데 그것이 그녀의 가슴 저 밑바닥에 쌓여 있던, 아직 한 번도 건드리지 않았던 슬픔의 앙금 덩어리를 촉발시켰다.

그녀는 아예 두 팔로 진검룡의 허리를 끌어안고 작게 몸부림치면서 결사적으로 울어댔다.

진검룡은 움찔하며 적이 당황했다. 그는 여자의 울음에 익숙하지가 않다.

더구나 옥청처럼 한과 서러움이 쌓인 젊은 과부의 경우에는 더욱 그렇다.

어떻게 할까 잠시 망설이던 그는 기다려 주기로 했다. 늦겨울의 밤은 길고, 젊은 과부의 서러움은 너무도 깊으며, 지금은 급한 것이 없으니까.

그것이 그가 그녀에게 해줄 수 있는 유일한 자비다.

"미… 안해요."

옥청은 무려 이각 동안이나 울었다.

울음의 종류는 아주 많다. 슬픔의 눈물, 저주의 눈물, 아픔의 눈물, 기쁨의 눈물 등등. 그녀는 이각 동안 그것들을 다 쏟아냈다.

그녀는 조금 전의 눈물로, 아니, 절규와 흐느낌으로 과거를 다 씻어냈다. 여자들은 새로운 것을 받아들이려면 그런 절차가 꼭 필요하다.

"그리고 고마워요."

자신을 구하러 와준 것보다 자신이 실컷 울도록 기다려 준 것이 더 고마운 옥청이다.

뇌옥에 천 년 동안 갇혀 있어도 씻어내고 털어내지 못할 십육 년 세월의 앙금을 이각 동안의 눈물로 다 씻어냈기 때문이다.

그리고 그 눈물로 그녀는 새로운 것을 하나 얻었다. 이제는 진검룡 앞에서도 그다지 부끄럽지 않다는 것이다.

그토록 몸부림치면서 흐느껴 우는 모습을 보여주었는데, 그보다 더 부끄러운 것이 어디에 있으랴.

"가도 되겠소?"

진검룡이 예의 무뚝뚝하지만 맑은 목소리로 불쑥 물었다.

옥청은 그가 매우 예의 바르고 다정한 사람이라는 것을 새삼 깨달았다.

"네."

옥청이 얼굴을 붉히며 고즈넉이 대답하자마자 진검룡은 그녀를 놓고 몸을 휙 돌려 걸어갔다. 가도 된다고 하니까 몸을 돌려서 가는 것뿐이다.

"아……."

그런데 석실에 갇혀서 오랫동안 쪼그리고 앉아 있었던 그녀는 다리에 힘이 풀려서 쓰러질 듯 비틀거렸다.

척!

그러자 저만치 걸어가던 진검룡이 어느새 돌아와 가볍게 그녀의 허리를 안았다.

버드나무 가지처럼 가늘고 낭창낭창 휘어지는 허리다.

안 되겠다고 생각한 진검룡은 뒤돌아서 한쪽 무릎을 꿇고 앉으며 말없이 넓은 등을 내밀었다.

옥청은 깜짝 놀라 어쩔 줄 몰라 하며 그의 등을 바라보았다. 업히라는 뜻을 모를 리 없는 그녀다.

진검룡을 기다리게 할 수는 없다는 생각과 그의 호의를 거절할 수 없다는 생각이 동시에 들었다.

그렇지만 생각처럼 얼른 업혀지지가 않았다. 누군가의, 그것도 사내의 등에 업히는 것은 이날까지 한 번도 해보지 않은

일이다. 불과 일 년 남짓 함께 살았던 남편에게도 업혀본 적
이 없었다.

그러나 묵묵히 기다리고 있는 진검룡의 침묵이 오히려 그
녀를 재촉하는 것만 같아서 초조했다.

업힌 다음에 무슨 일이 일어날지는 모른다. 다만 지금은 빨
리 이 상황을 벗어나고 싶을 뿐이다.

슥—

이윽고 그녀는 아주 조심스럽게 진검룡의 등으로 다가가
어깨에 두 손을 살며시 댔다.

그래 놓고는 어떻게 해야 할지 몰라서 망설이고 있는데 갑
자기 진검룡이 두 손으로 그녀의 둔부를 잡더니 자신의 등으
로 그녀를 쓰러뜨리면서 벌떡 일어섰다.

"앗!"

갑작스런 상황에 옥청은 화들짝 놀랐다. 그녀가 조금 정신
을 차리고 있을 때 진검룡은 통로를 따라 미끄러지듯이 쏘아
가고 있었다.

이 순간 옥청이 느끼는 것은 자신의 둔부를 가볍게 움켜잡
은 채 떠받치고 있는 진검룡의 커다란 두 손뿐이었다.

장장 십육 년 동안 사내와 손조차 잡아본 적이 없었던 그녀
에게 일어난 지금의 상황은 실로 굉장한 것이었다.

하지만 이상하리만치 마음이 편안했다. 따스하게 데워놓
은 이부자리 속에 노곤한 몸을 눕힌 것보다 백 배 천 배 더 따

스했다. 아니, 그것과는 비교도 할 수 없는 다른 그 무엇이 있었다.

진검룡은 통로를 쏘아가면서 뇌옥을 힐끗 쳐다보았다.

그 안에는 족히 백여 명, 아니, 또 하나의 통로까지 합치면 얼추 이백여 명의 소수민족 여자들이 갇혀 있을 것이다.

그러나 지금으로선 그녀들을 어떻게 할 수가 없었다. 또한 그는 골치 아픈 일에 휘말리고 싶지 않았다.

작은 갈등을 떨쳐 버리려는 듯 그는 속도를 더 내서 계단을 뛰어올라 순식간에 뇌옥을 빠져나왔다.

옥청은 다른 고민을 하고 있었다. 자신의 가슴이 진검룡의 등에 닿지 않게 하려고 두 손바닥으로 그의 어깨를 힘껏 밀고 있었다.

그러다가 그녀는 다른 것을 깨달았다. 진검룡의 두 손이 자신의 둔부를 떠받치듯 움켜잡고 있는 것과 자신의 은밀한 부위가 그의 등허리에 짓누르듯이 닿아 있다는 것이다.

말하자면 그녀는 온몸을 진검룡에게 내맡기고 있는 형편인 것이다.

그런 상황인데 젖가슴이 그의 등에 닿지 않게 하려고 기를 쓰는 것이 무의미하다는 생각이 들었다.

결국 그녀는 두 팔의 힘을 뺐다. 그러자 풍만한 가슴이 진검룡의 등에 밀착되었다.

두 팔을 어떻게 할 수가 없어서 가만히 앞으로 돌려 그의 가슴을 안았다.

그리고 눈을 감았다. 이래도 되는가 하는 생각이 제일 먼저 들었으나 곧 지워졌다.

지금은 이대로 시간이 멈춰 버렸으면 좋겠다는 생각뿐이었다.

슷—

진검룡은 한매궁의 담을 가볍게 뛰어넘어 거리에 소리없이 내려섰다.

"어머니!"

그때 근처 골목에서 무악이 달려나오면서 반갑게 외쳤다.

"악아!"

옥청도 진검룡에게 업힌 채 반갑게 외쳤다.

그래 놓고는 자신들의 외침이 고요한 밤하늘로 퍼져 나가자 깜짝 놀라 몸을 움츠렸다.

무악은 옥청을 다시 만난 반가움에 그녀가 진검룡에게 업혀 있다는 사실을 미처 깨닫지 못했다.

하지만 옥청은 달랐다. 아들에게 이런 모습을 보이는 것이 부끄러웠다.

그래서 그녀는 살며시 손을 뻗어 자신의 둔부를 받치고 있는 진검룡의 손을 밀어냈다. 내려달라는 뜻이다.

진검룡은 옥청을 내려놓고 무악에게 짧게 말했다.

"먼저 집으로 가라."

"사부……."

무악이 놀라서 급히 부르려고 하자 그는 이미 한매궁의 담을 날아 넘고 있었다.

第十七章
단명삼살(斷命三殺)

더 이상 화려할 수 없을 정도의 커다란 침상 위에서 한 여자가 혼자 자고 있었다.

잠자리 날개처럼 얇은 연분홍 비단으로 만든 잠옷을 입은 모습이다.

천장에는 주먹만 한 크기의 야명주(夜明珠)가 다섯 개나 박혀 있어서 불을 밝히지 않아도 야명주 각각의 오색의 은은한 빛이 실내를 비추고 있었다.

여자가 입은 얇은 비단 잠옷 사이로 젖가리개와 속곳이 그대로 내비쳤다.

개구쟁이 아이처럼 네 활개를 펴고 이불도 덮지 않은 채 흐

드러진 자세로 자고 있는 모습이 여간 뇌쇄적이지 않다.

진검룡은 무심한 시선으로 그녀를 굽어보다가 근처 교탁 위에 놓인 화병 하나를 집어 꽃을 뽑고는 화병을 여인의 얼굴에 뒤집었다.

촤악!

"악!"

깊은 잠에 빠져 있다가 차가운 물을 얼굴에 뒤집어쓴 여자는 소스라치게 놀라 눈을 번쩍 뜨며 일어나 앉았다.

그리고는 침상 옆에 우뚝 서 있는 진검룡을 발견하고 놀라서 후드득 몸을 떨었다.

"누구냐?"

그러나 보통 여자처럼 호들갑을 떤다든지 겁을 집어먹은 모습은 아니다. 오히려 지나칠 정도로 빠르게 냉정을 찾은 모습이다.

진검룡은 방갓 아래로 여자를 굽어보며 중얼거렸다.

"네가 찾는 사람이다."

"내가?"

이십이삼 세 정도 되어 보이는 그녀는 이미 평소의 안정을 거의 회복한 모습으로 고개를 갸우뚱했다.

한매선이라는 별호와는 달리 그 모습이 꽤나 귀여웠다.

그녀는 아무 일도 없다는 듯 머리맡 작은 탁자 위에 놓인 비단 수건을 집어 얼굴과 머리카락의 물기를 닦으면서 여유

있게 물었다.

"잘 모르겠다. 알아들을 수 있도록 설명해 봐라."

"경혼조장이다."

"아……."

진검룡의 짧은 대답에 여자 한매선의 얼굴에 적잖이 놀라는 표정이 떠올랐다.

부와 권세의 최고봉에 올라 있는 사람들은 대부분 웬만한 일로는 잘 놀라지 않는다.

그리고 행동이 무척 여유롭다. 그러므로 그녀가 놀란다는 것은 매우 많이 놀랐다는 뜻이다.

그녀는 잠시 입을 다물고는 흑백이 또렷한 눈으로 진검룡을 살펴보았다. 이른바 관찰이다.

"궁주!"

그때 문밖에서 누군가의 우렁찬 목소리가 들렸다. 방금 전에 한매선이 지른 비명 소리를 듣고 밖을 지키고 있던 무사들이 달려온 것이다.

그녀의 거처에는 이십여 명의 호위무사가 출입구마다 삼엄하게 지키고 있었다.

만약 진검룡이 잠입하다가 발각됐다면 소란이 벌어졌을 테고, 그럼 한매선은 잠에서 깼을 것이다.

그러나 아무런 소란도 없었던 것으로 미루어 진검룡은 호위무사들의 이목을 완벽하게 속이고 한매선의 침실까지 잠입한 것이 분명하다.

한매선은 진검룡을 올려다보았다.

깊숙이 방갓을 눌러썼지만 아래에서 올려다보기 때문에 턱과 입, 코, 그리고 무심하게 깊이 가라앉은 눈빛을 볼 수가 있었다.

추호도 당황하거나 겁을 먹지 않은, 아니, 초연한 모습이 아닐 수 없다.

더구나 그런 초연함 중에 거대한 산악 같은 기도마저 은은하게 느껴지고 있었다.

단언하건대, 한매선은 이십삼 년을 살아온 짧지 않은 인생에서 이처럼 굉장한 사내를 단 한 번도 만난 적이 없었다.

이자는 경혼조장 따위가 아니다. 뭔가 잘못됐다라고 그녀는 생각했다.

그래서 그녀는 자신도 모르게 자세를 바로 하고 문 쪽을 향해 나직이 명령했다.

"물러가라."

모르긴 해도 이 정도 사내라면 이곳 전각을 지키는 이십 명의 호위무사 따윈 안중에도 두지 않을 것이 분명하다.

한매선은 경혼조장에 대한 영입 계획을 전면적으로 수정해야겠다고 생각했다.

"원하는 것을 말해보세요."

그녀의 말투가 약간 코 먹은 소리로 변했다. 그리고 살짝 눈웃음을 쳤다. 강한 사내 앞에서 여자들은 통상 이런 식으로 변신한다.

그렇게 말하면서 그녀는 속으로 이 사내 정도면 녹봉으로 은자 삼백 냥을 줘도 아깝지 않을 것이라고 생각했다. 아니, 진검룡이 원하면 오백 냥까지도 양보할 수 있었다.

그녀가 아는 한 세상에 돈과 여자를 싫어하는 사내는 없다. 그것은 진리다.

그런데 진검룡의 입에서 나직이 흘러나온 말은 그녀의 눈이 동그랗게 커지게 만들었다.

"이후 두 번 다시 내게 찝쩍거리지 마라."

"찝쩍……."

한매선은 놀란 듯 어이없다는 얼굴로 중얼거렸다. 그녀의 이십삼 평생 동안 진검룡 같은 사내를 만나본 것도 처음이지만, 누군가 그녀에게 '찝쩍거리지 마라'고 말한 것도 처음 있는 일이었다.

"알아들었느냐?"

"이놈, 감히 내게……."

진검룡이 가만히 윽박지르자 한매선은 발끈해서 날카롭게 외치려고 했으나 말을 잇지 못했다.

"끄으……."

어느새 그녀의 희고 가늘며 긴 목이 진검룡의 커다란 손아귀에 움켜쥐어져 있었기 때문이다. 그가 어떻게 손을 썼는지

보지 못한 것은 당연하다.

진검룡이 한매선의 모가지를 움켜쥐고 일으켜 세우자 그녀는 끌려서 일어섰다.

침상 위에 서 있는 그녀의 키가 바닥에 서 있는 진검룡의 키와 비슷해졌다.

얇디얇은 비단 잠옷을 입은 탓에 희고 매끄러우며 늘씬한 속살이 고스란히 드러난 요염한 자태다.

하지만 그 요염한 자태의 주인은 얼굴로 온통 피가 몰려 시뻘개졌고 눈에서 동공이 사라지고 있었다.

진검룡은 단지 위협만 하고 있는 것이 아니다. 여차하면 죽일 수도 있다는 것을 실제 몸으로 보여주고 있었다. 선택은 한매선에게 달렸다.

"끄으으……."

목을 너무 세게 쥐어서 한매선은 아무 말도 하지 못하고 숨넘어가는 소리만 낼 뿐이다.

진검룡은 고개를 약간 젖히고 방갓 아래로 한매선을 쏘아보았다.

한매선은 그의 눈빛을 접하는 순간 목을 움켜잡힌 고통을 거짓말처럼 망각했다.

그 대신 심장이 오그라들고 온몸의 피가 증발해 버리는 듯한 공포를 느꼈다.

주르르…….

잠옷 속의 은밀한 곳을 가린 떡잎처럼 작은 속곳이 누렇게 젖으면서 그 안에 마치 온천이 있는 듯 뜨뜻한 물이 허벅지와 종아리를 타고 흘러내리고 있었다.

지독한 공포, 그리고 살아 있는 모든 생명체는 죽음에 직면하게 되면 똥오줌을 싸게 되어 있다.

지금 한매선은 오줌을 싸고 있는 것이다. 조금 더 지나면 똥도 싸게 될 것이다. 하지만 그녀 자신은 오줌을 싸고 있다는 사실을 깨닫지 못했다.

"알아들었느냐고 물었다."

진검룡이 재차 묻자 한매선은 죽을힘을 다해서 미친 듯이 고개를 끄덕였다.

그러면서도 혹시 자신의 목이 잡혀 있는 바람에 고개가 제대로 끄덕여지지 않을까 봐 더욱 필사적으로 머리를 힘차게 흔들었다.

어떻게든 이 광폭하고 무례한 자에게 자신이 수긍했다는 사실을 전해야만 하기 때문이다.

획!

털썩!

진검룡은 그녀를 지푸라기처럼 침상으로 가볍게 내던졌다.

한매선은 침상에 사지를 늘어뜨린 채 누워서 온몸을 푸들 푸들 떨어댔다.

그녀의 흰자위만 남은 눈에 새빨간 핏발이 곤두섰다. 그리고 점차 동공이 제자리를 잡아가기 시작했다.

그녀가 정신을 조금 차렸을 때 진검룡의 모습은 어디에도 보이지 않았다.

그런데도 공포가 사라지지 않았다. 심장은 콩알처럼 작아진 그대로고, 증발해 버린 피는 채워지지 않았다.

문득 아랫도리가 축축한 것이 느껴졌다. 오줌을 쌌다는 사실을 그제야 깨달았다.

철이 들고 나서 오줌을 싼 것은 처음 있는 일이다. 물론 누군가에게 모가지를 잡힌 것도, 죽음의 공포에 온몸을 떤 것도 전부 처음이다.

모든 것이 처음이다. 그처럼 굉장한 사내를 만난 것도 처음이며, 치욕도 분노도 뭣도 아닌 복잡한 감정에 사로잡혀서 온몸을 바들바들 떨고 있는 것도 처음이다.

언제부턴가 한매선의 뺨으로 눈물이 소리없이 흘러내리고 있었다.

진원분타에 쓸 만한 무사가 한 명 있다기에 측근 호위무사로 써볼까 해서 아무렇지도 않게 시작했던 일이 이 지경에 이른 것이다.

"나쁜 자식……."

진원현에서 여왕으로 군림하고 있는 그녀의 입에서 서릿발 같은 중얼거림이 흘러나왔다.

"죽여 버릴 거야⋯⋯."

진원현뿐만이 아니라 운남성 전역에서도 감히 함부로 건드리지 못하는 파벌과 세력을 움켜쥐고 있는 여장부의 입에서 방금 전보다 더 살벌한 중얼거림이 새어나왔다.

그렇지만 그놈을 어떻게 죽여야 할지 갑자기 아무런 생각도 나지 않았다.

그리고 그녀가 앞으로 다시 찝쩍거리면 어떻게 하겠다고 진검룡이 으름장을 놓았다는 사실이 새삼 기억났다.

하지만 으름장 따윈 놓지 않아도 충분했다. 그가 보여준 단 한 번의 행동만으로 훌륭한 위협이 됐기 때문이다.

지금 상황이라면, 그가 마음만 먹으면 한매선의 목숨은 언제라도 끊을 수 있다.

한매선은 그것을 잘 알고 있었다. 저승의 문턱까지 다녀온 그녀가 아닌가. 그런 경험은 두 번 다시 하고 싶지 않다.

복수는 하고 싶은데 그자에게 또다시 당할지도 모른다는 불안감 때문에 이러지도 저러지도 못하는 심정이다.

그녀는 갑자기 서러움이 복받쳐 올라 견딜 수가 없었다.

"으흐흐흑⋯⋯! 나쁜 자식⋯⋯!"

그래서 돌아누워 이불에 얼굴을 파묻고 온몸을 떨면서 울음을 터뜨렸다.

아래로는 오줌을 싸고 위로는 눈물을 흘리는 여자는⋯

진원분타주도 함부로 하지 못하는 한매선이었다.

        *   *   *

진검룡은 점심 식사를 하려고 별채를 나섰다.

점심때는 한창 바쁜 시간인데 무악이 별채까지 식사를 가져오는 번거로움을 덜어주기 위해서다.

주루 뒷문을 통해서 들어선 진검룡은 주방 입구를 향해 걸어갔다. 그곳을 지나야 주루이기 때문이다.

주방 안쪽에서 작은 창구에 올려놓은 요리를 막 받아 들던 무악이 진검룡을 발견하고 반색했다.

"사부님!"

주루 안에는 손님이 많은 탓에 매우 시끄러워서 무악은 고함을 지르듯 했다.

무악에게 요리를 내주고 돌아서려던 주방 안의 옥청이 창구로 내다보다가 진검룡이 막 지나가고 있는 것을 발견하고 깜짝 놀랐다.

"나리, 어서 오세……."

그녀가 황급히 행주치마에 손을 닦으면서 허리를 굽히며 인사를 하는데 진검룡은 그냥 지나가 버렸다.

옥청은 진검룡의 모습을 바라보다가 살짝 얼굴을 붉히며 돌아섰다.

주루 안은 자리가 꽉 찼다. 무악네 주루는 현의 중심부에서도 멀리 떨어진 외곽이라서 손님이 반만 차도 많은 편인데, 오늘 같은 경우는 가뭄에 콩 나듯 한 일이다.

무악은 손에 들고 있는 요리를 손님에게 갖다 주는 것도 잊은 채 진검룡의 자리를 잡아주려고 안달이 났다.

"사부님, 이리 오세요!"

이윽고 무악이 구석자리에서 소리 높여 진검룡을 불렀다. 들어 올린 요리 그릇이 넘쳐서 국물이 흐르는 것도 모르는 모양이다.

진검룡은 무악이 잡아준 자리로 갔다. 평소에 손님들이 잘 앉지 않는 구석자리에는 벽을 등지고 한 사내가 먼저 앉아 있었다.

빈자리가 없기 때문에 무악이 합석 자리를 잡아준 것이다.

진검룡은 먼저 앉아 있는 사내를 슬쩍 보고는 맞은편에 앉았다.

사내는 진검룡을 쳐다보지 않고 창 쪽을 응시하고 있었다.

하지만 눈이 맵고 기억력이 좋은 진검룡은 사내가 누군지 즉시 알아보았다.

진검룡이 서릉묘족의 일을 처리하고 돌아왔을 때 이 사내는 주루에서 그를 날카롭게 쏘아보며 살피고 있었다.

사내는 이십대 중반의 나이에 뺨에 손가락 한 마디 길이의 칼자국이 있으며, 약간 길쭉한 얼굴에 강파른 인상이다.

늑대와 여우를 합쳐 놓은 듯한 모습인데, 그런 얼굴과 인상은 쉽게 잊혀지지 않는 법이다.

진검룡은 오랜 경험으로 이런 종류의 사내가 좋지 않은 계통에 있으며 질이 나쁘다는 것을 잘 알고 있었다.

그의 분석에 의하면, 사내는 삼류 수준의 무사로 약삭빠르고 교활하며 사파나 녹림에 속해 있거나 아니면 단독으로 행동하는 좀도둑이 분명하다.

사내의 양쪽 허리 뒤쪽 엉덩이에 가까운 부위에 한 쌍의 쌍도를 차고 있는 것이 좀 특이했다.

진검룡은 이 사내가 자신에게 볼일이 있음을 직감했다. 그러나 내색하지 않고 느긋하게 앉아서 식사를 기다렸다.

사내 앞에는 술과 간단한 요리가 놓여 있는데, 먹다가 만 상태다. 그런데도 사내는 굳게 닫혀 있는 창에서 시선을 떼지 않았다.

무악이 진검룡 앞에 옥청이 특별히 신경을 써서 만든 요리를 갖다 놓을 때까지도 사내는 진검룡을 한 번도 쳐다보지 않고 있었다.

달그락.

진검룡은 식사를 하기 위해서 젓가락 통에서 젓가락을 꺼내 들었다.

그때 사내가 처음으로 진검룡 쪽으로 상체를 틀면서 자신의 술잔을 집어들었다.

그 순간 진검룡의 눈빛이 가볍게 흔들렸다. 사내가 술잔을 집는 평범한 동작을 취하면서 진검룡의 요리에 무색무취(無色無臭)의 미세한 분말을 뿌리는 것을 발견한 것이다. 즉, 독을 푼 것이다.

후룩.

그러나 진검룡은 아무런 내색도 하지 않고 천천히 식사를 하기 시작했다.

그러면서 슬쩍 방갓 사이로 보자 사내의 입가에 흐릿한 회심의 미소가 매달려 있는 것이 보였다.

진검룡은 주루 뒷문을 나와서 별채를 향해 걸어갔다.

끼이.

그때 무악네 집 옆문이 열리면서 조금 전 주루에서 합석했던 사내가 태연하게 들어섰다.

진검룡이 쳐다보자 사내는 히죽 입술 끝으로만 교활하게 미소 지으며 밑도 끝도 없이 불쑥 내뱉었다.

"너는 중독됐다."

진검룡은 걸음을 멈추고 사내를 쳐다볼 뿐 아무 말도 하지 않았다.

이런 상황에서는 일을 저지른 자가 먼저 말을 하게 마련이다. 말을 하지 않으면 자신이 목적한 바를 얻어낼 수 없기 때문이다.

"쇄공산(碎功散)이다. 공력을 부수고 기력을 흩어지게 하는 독이지. 못 믿겠으면 슬쩍 운기를 해봐라. 온몸이 조각나는 듯한 고통을 느낄 테니까. 흐흐……."

진검룡이 묵묵히 서 있는 것을 보고 사내는 그가 운기를 해서 시험해 보고 있는 것이라고 생각했다.

하지만 진검룡은 중독되지 않았다. 그가 만독불침(萬毒不侵)의 몸이라서가 아니다.

단지 요리에 독이 있는 것을 미리 알고 먹으면 독을 따로 분리해서 몸 밖으로 배출하는 능력을 지니고 있었다. 또한 설사 중독이 되더라도 웬만한 독은 운공조식을 해서 해소시킬 능력을 갖고 있었다.

그것을 까맣게 모르는 사내는 계속 이죽거렸다.

"흐흐… 기분이 어떠냐?"

이 상황이 됐는데도 진검룡이 묵묵히 침묵을 지키고 있자 사내는 슬쩍 이마를 좁혔다.

지금 진검룡이 보여주고 있는 태도는 전혀 중독되지 않은 사람의 그것이기 때문이다.

하지만 그는 진검룡이 중독되지 않았을 리가 없다고 확신했다. 그는 분명히 쇄공산을 요리에 풀었고, 진검룡이 그것을 다 먹는 것을 똑똑히 봤기 때문이다.

그렇게 확신하면서도 조금 불안했다. 진검룡의 너무도 당당한 모습 때문이다.

그리고 시간이 점차 흘러 쇄공산이 효과를 나타날 때가 됐는데도 진검룡이 아무렇지도 않은 모습을 보고 사내의 불안감은 가중되었다.

사내는 진검룡 같은 종류의 남자를 한 번도 만나본 적이 없었다.

그러므로 어떻게 대처해야 하는지도 모른다. 이럴 때는 그냥 계획을 밀고 나갈 수밖에 없다.

"내 요구를 들어주면 해독시켜 주겠다. 간단하다."

사내는 손가락 하나를 세우면서 예의 교활한 미소를 지으며 마침내 본론을 꺼내놓았다.

"나를 경혼조원, 즉 너의 조원으로 받아다오."

진검룡으로서도 전혀 예상하지 못했던 뜬금없는 요구다.

"절차를 밟아라."

진검룡이 처음으로 입을 열자 사내는 눈살을 찌푸렸다.

"그럴 것 같으면 복잡하게 이런 방법을 사용하지도 않았을 것이다."

사내는 슬쩍 인상을 썼다.

"너는 선택의 여지가 없다. 내 요구를 들어주거나 아니면 쇄공산에 중독된 채 죽을 때만 기다리는 것뿐이다. 물론 그럴 경우에 너는 내일 아침에 뜨는 해를 볼 수 없을 것이다."

진검룡은 사내에게 조금 흥미가 생겼다. 평범한 사람은 그의 흥미를 끌지 못한다. 이 사내는 평범한 것 같으면서도 그렇지 않다.

현재 사황벌 미강지부와 전쟁 중인 진원분타는 무사들이 모자라기 때문에 대대적으로 무사들을 모집하고 있는 중이고, 웬만하면 찾아온 무사를 내치지 않는다.

그러므로 사내가 정식 절차를 밟아서 진원분타의 조원이 되려고 한다면 문제될 것이 없다. 단, 결격 사유가 없다는 전제하에서 말이다.

그렇다면 이 사내는 결격 사유가 있다는 뜻이다. 그렇기 때문에 편법으로 진검룡을 중독시키는 극단적인 방법을 사용했을 것이다.

"이름이 뭐냐?"

진검룡이 불쑥 묻자 사내는 어이없다는 표정을 지었다. 사람들은, 특히 무사들은 독에 중독됐다고 하면 사색이 되거나 놀라서 펄펄 날뛰는 것이 정상적이다.

그런데 이 작자는 너무나 태연하다. 그러기는커녕 태연하게 독을 푼 자의 이름을 묻고 있지 않은가.

"호리도차(狐狸刀叉)다."

진검룡의 기세에 기가 꺾인 사내가 불쑥 대꾸했다. 그래 놓고는 곧 우거지처럼 얼굴을 일그러뜨렸다.

"이런, 염병할……."

그는 목에 핏대를 세우며 진검룡에게 두어 걸음 다가들면서 허리의 쌍도를 움켜잡았다.

"야! 이 개자식아! 쓸데없는 아가리 놀리지 말고 내 요구나 들어줘라! 알았느냐?"

뿌악!

"캑!"

부웅!

다음 순간 진검룡이 손등으로 사내 호리도차의 관자놀이를 슬쩍 건드리자 그는 실 끊어진 연처럼 옆문 밖으로 날아가서 골목에 내동댕이쳐졌다.

그것으로 그는 혼절해 버렸다. 예상했던 것보다는 훨씬 약골이다.

"어? 뭐야, 조장?"

그때 별채에서 늘어지게 낮잠을 자고 있던 낭랑이 어슬렁거리면서 걸어나오다가 그 광경을 발견하고 데면데면한 얼굴로 물었다.

그녀는 잔뜩 구겨진 허름한 옷을 입고 있으며, 상의를 들어올려 배를 득득 긁으면서 열려 있는 옆문으로 골목을 내다보았다.

"저 자식은 뭐야?"

*　　　*　　　*

진원분타 숙소를 나선 주소영은 야방(冶坊:대장간)에 들러서 몇 가지 암기와 자신의 무기인 쌍도를 주문했다.

평소에 그녀가 지니고 있던 암기 종류는 다섯 가지에 오십여 개 정도였는데, 남랑곡에서 거의 다 써버렸기 때문에 새로 만들 수밖에 없었다.

암기와 쌍도를 새로 만들기 위해서 은자 석 냥이나 주고 왔다. 상금으로 은자 다섯 냥을 받은 데서 이제 두 냥밖에 남지 않았다.

하지만 무기와 암기를 구입하지 않으면 안 된다. 그녀의 실력 절반은 암기에서 나오는 것이기 때문이다.

그러므로 암기를 지니고 있지 않으면 실력을 절반밖에 사용하지 못하게 되는 것이다.

남랑곡에서 적절하게 암기를 사용했기 때문에 자신과 낭랑의 목숨을 조금이라도 더 연장할 수가 있었다.

또한 그래서 진검룡에게 구출될 수 있었다. 만약 암기가 없었더라면, 진검룡이 남랑곡에 도착했을 때 주소영과 낭랑은 죽어 있었을 것이다.

주소영에게 암기는 생명줄 같은 것이다. 암기를 지니고 있지 않으면 불안하기 짝이 없다.

또한 암기를 사용하지 않으면 다른 조원들과 비슷한 실력밖에 발휘하지 못한다.

그래서는 안 된다. 그녀는 실력이 누구보다도 뛰어나야만 한다. 그래야 생존율이 높아지기 때문이다. 그러기 위해서라도 암기는 없어서는 안 될 물건이었다.

문득 그녀는 허기를 느꼈다. 늦잠을 잔데다 오늘이 벌써 휴가 이틀째라서 오늘이 아니면 쌍도와 암기를 주문할 기회가 없어서 서두르다 보니 아침 식사도 하지 않은 채 진원분타를 나섰기 때문이다.

그녀는 낭랑처럼 먹을 것에 집착하지는 않는다. 하지만 낭랑하고는 또 다른 의미에서 먹을 것에 대해 관심이 많았다.

그녀는 이것저것 아무거나 먹지 않는 대신에 몸에 좋은 것들을 가려서 먹는다. 몸에 좋다면 개똥도 마다하지 않고 먹을 정도다.

그녀는 자신의 처지를 잘 알고 있었다. 돈은 많이 벌어야 하는데 가진 것은 몸뚱이 하나뿐이다.

즉, 몸뚱이 하나가 전 재산인 것이다. 그러므로 몸을 함부로 다룰 수는 없었다.

몸이 튼튼해야만 매월 은자 닷 냥의 녹봉이라도 벌 수 있는 것이다.

그녀가 걷고 있는 대로의 주변에서는 주루나 여러 점포에서 구수하고 맛있는 요리 냄새가 풍겨 나와서 허기진 그녀를 더욱 괴롭혔다.

하지만 그녀는 주루나 점포에는 시선조차 주지 않은 채 앞만 똑바로 주시하면서 걸음을 빨리했다.

그녀도 사람인데 어째서 주루에 편안하게 앉아서 맛있는 요리를 먹고 싶지 않겠는가.

하지만 그러려면 돈이 든다. 한 푼이라도 아껴야 하는 처지인데 잠시의 허기를 참지 못하고 주루에 들어가는 것은 전적으로 낭비였다.

주소영의 걸음이 점차 빨라졌다. 속히 진원분타로 돌아가서 밥을 먹기 위해서다.

숙소 옆에 있는 식당에서 주는 밥은 주루만은 못하지만 제법 먹을 만하다.

그리고 얼마든지, 무엇이든 먹을 수 있으며 공짜기 때문에 뱃속이 든든하고 또 마음이 편하다.

"저기……."

그때 그녀의 바로 옆에서 누군가 불쑥 말을 걸었다.

휙!

주소영은 다급히 뒤로 물러나며 반사적으로 양 허리의 쌍도로 손을 가져갔다.

그러나 쌍도는 만져지지 않았다. 남랑곡 싸움에서 잃어버렸고 오늘 야방에 새로 주문했다는 사실을 깜빡한 것이다.

대신 그녀는 급히 두 주먹을 움켜쥐고 자신에게 말을 건 상대를 날카롭게 쏘아보았다.

어린 시절에 부친에게서 배운 삼류 나부랭이 권법이지만, 아는 것이 그것뿐이라서 틈만 나면 수련했기 때문에 제법 쓸만하다.

그녀에게 말을 건 자는 삼십대 중반의 나이에 평범한 갈의

경장을 입었으며 어디 한 군데 특별하지 않은 얼굴이며 인상이다.

"뭐야?"

주소영은 처음 보는 사람인데도 차갑게 반말을 했다. 그뿐 아니라 미간을 잔뜩 찌푸리고 여차하면 공격하겠다는 자세를 취했다.

갈의경장인, 즉 단명삼살의 막내인 소살은 주소영의 느닷없는 공격적인 반응을 접하고 일순 어떻게 해야 할지 대책이 서지 않았다.

진원분타의 여무사 중 한 명을 선택해서 자신들의 표적에 대해서 상세히 물어보기로 하는 중책을 삼 형제 중에서 제일 발언권이 없는 소살이 맡게 되었다.

그래서 그는 오늘 이른 아침부터 진원분타 전문 맞은편 장원 숲 속 나뭇가지에 앉아 몸을 감춘 채 마땅한 상대를 물색했었다.

그가 고르는 여무사는 예쁘다거나 몸매가 좋은 것과는 거리가 멀다.

생긴 것이야 어떻든 간에 무조건 착하고 만만하게 생긴 여자면 제격이었다.

그가 눈 빠지게 기다리는 동안 진원분타의 전문을 통해서 대여섯 명의 여무사가 드나들었다.

하지만 그녀들은 하나같이 그가 생각하고 있는 '물어보기 좋은 만만한 여자들' 이 아니라 일견하기에도 억센 남자 같은 모습이었다.

오랜 기다림 끝에 소살은 마침내 마음에 딱 드는 여무사를 발견했다.

진원분타 전문을 힘겹게 열고 밖으로 나서는 가녀린 체구의 어린 소녀였다.

설마 저렇게 어리고 연약하며 순진하게 보이는 소녀가 여무사일까 하는 의구심이 들 정도였다.

그러나 진원분타에서 나왔으니까 여무사일 가능성이 크다. 설사 그렇지 않더라도 그녀가 진원분타 내부에 대해서는 잘 알고 있을 것이라고 판단해서 결국 그녀로 결정했었다.

그녀가 바로 경혼조원 주소영이다. 그녀의 직속상전인 경혼조장이 단명삼살의 표적이므로, 소살은 물어볼 상대를 제대로 고른 셈이다.

단, 그녀가 묻는 말에 고분고분 대답할 것인지 아닌지는 그녀 자신만 알 터이다.

이후 소살은 주소영을 미행하면서 적당한 기회를 잡으려고 했고, 지금이 바로 그때였다.

뼛속 깊숙이까지 살수인 소살은 삼십오 세가 되도록 여자를 가까이 해본 적이 없었다.

물론 그는 아직도 여자와 한 번도 자보지 않은 동정(童貞)이다. 그뿐만이 아니라 단명삼살의 다른 두 명도 모두 동정의 몸이었다.

오로지 살수의 한 길만 걷느라 여자에게 관심을 가질 여유가 없었기 때문이다.

소살은 주소영의 뜻하지 않은 강한 반응에 주저했다. 얼굴에는 당황한 기색마저 떠올랐다. 그런 모습은 영락없는 순박한 청년의 그것이다.

"저……."

"뭐냐고 물었다."

주소영이 더욱 강하게 반발하자 그렇지 않아도 어렵게 말을 꺼내려던 소살은 적잖이 당황했다.

생각 같아서는 주소영의 마혈과 아혈을 동시에 제압해서 어디 으슥한 곳으로 끌고 가 지독한 고문을 가해서 필요한 정보를 알아내고 싶은 마음이 굴뚝같았다.

하지만 두 형들, 즉 잔살과 도살이 그러지 말라고 신신당부했었다.

만약 진원분타 소속 무사의 신변에 무슨 일이 생기면 표적이 눈치를 채고 대응책을 강구할지 모르기 때문이다.

그런데 그때 행인들이 무슨 구경거리인가 해서 소살과 주소영 주위로 하나둘 모여들기 시작했다.

원래 복잡한 대로 한복판이기 때문에 오가는 행인들이 많은데다 젊은 남녀가 멈춰 서서 실랑이를 벌이고 있으니 자연 관심을 끈 것이다.

조금 당황한 소살은 이대로 더 시간을 끌어서는 안 되겠다
고 생각했다.

당장 뭔가 결단을 내려야만 한다. 사람들이 더 몰려들거나
이 상황에서 물러나선 죽도 밥도 안 된다.

그는 아랫배에 힘을 주고 진지한 표정으로 주소영을 똑바
로 쳐다보며 말했다.

"사랑합니다!"

"뭐?"

그렇게 외쳐 놓고서 소살은 크게 당황했다. 어째서 그런 말
이 갑자기 튀어나왔는지 모를 일이다. 하지만 이미 엎질러진
물이니 주워 담을 수도 없다.

생면부지의 사내에게 난데없이 사랑 고백을 받은 주소영
은 적잖이 당황했다.

"사, 사랑한다고요!"

소살은 에라, 모르겠다 하고 더 큰 소리로 외쳤다.

사랑이니 뭐니 하는 것은 주소영도 숙맥이기는 마찬가지
다. 그녀는 얼굴이 빨개져서 빽 소리를 질렀다.

"그, 그래서 어쩌자는 거야?"

"밥… 밥 먹읍시다!"

"밥?"

그렇지 않아도 배가 등짝에 달라붙어 있는 주소영의 귀가
번쩍 뜨였다.

두 사람을 둘러싼 구경꾼들은 귀추가 주목된다는 흥미진진한 표정으로 지켜보았다.

주소영은 밥이라면 사족을 못 쓰는 여자가 아니다. 그녀는 경계심을 늦추지 않고 다짐을 두었다.

"밥만 먹어야 되는 거야."

"말… 도 합시다."

"그래, 밥 먹으면서 말만 하는 거야."

"네."

주소영은 손해 볼 것 없다고 생각했다. 사랑인지 나발인지 알 바 아니다.

그냥 밥만 실컷 얻어먹고 가면 되는 것이다. 간단한 일이다, 라고 말이다.

第十八章
남매(男妹)

大中原

진원현에 작은 소문 하나가 돌았다.

진원분타의 추혼향 휘하 탈혼조장 호태곤이 산적 소굴인 남랑곡에 납치되어 있던 서릉묘족의 여자들 수십 명을 구했다는 소문이다.

호태곤이 뛰어난 통솔력으로 탈혼조원들을 이끌고 남랑곡에 잠입하여 다섯 명의 산적을 죽이고 묘족 여자들을 성공리에 구출하여 서릉묘족에 되돌려 주었다는 것이다.

그 소문에는 경혼조장과 조원들은 일체 등장하지 않았다. 순전히 호태곤과 탈혼조원들의 공이라는 것이다.

진원분타의 창룡당주와 추혼향주, 호태곤과 탈혼조원들,

그리고 서룽묘족은 진실을 알고 있다.

그런데도 진실은 밖으로 흘러나오지 않았다. 진원현 사람들 일부는 술잔을 기울이면서 호태곤과 탈혼조원의 용맹함을 칭송했다.

*　　*　　*

호리도차는 처참한 몰골이 됐다.

그는 전문으로 독을 사용하는 독인(毒人)이 아니고 체계적으로 독에 대해서 배운 적은 없지만, 오랜 경험으로 독이라면 자신이 있었다.

그런데 그가 전개한 쇄공산에도 끄떡없는 굉장한 사내의 소위 '먼지 털기' 같은 간단한 주먹 한 방에 나가떨어져서 혼절하고 말았다.

거기까지는 좋다. 그런데 그 굉장한 사내가 호리도차를 어떤 개망나니 같은 여자에게 맡겨 버린 데부터 일이 꼬이기 시작한 것이다.

이름을 알 수 없는 그 여자는 자다가 막 일어난 부스스한 모습인데, 상대를 괴롭히면서 쾌감을 느끼는 가학적인 취미가 있는 것이 분명했다.

그 여자는 우선 마당 한복판에 굵직한 기둥을 하나 박더니 거기에 혼절해 있는 호리도차를 꽁꽁 묶었다.

그리고는 왼손에는 회초리를 쥐고, 오른손으로는 몽둥이를 움켜쥔 채 불문곡직 호리도차의 온몸을 무지막지하게 때리기 시작했다.

혼절했던 호리도차는 온몸에 느껴지는 극심한 고통 때문에 깨어났다.

그는 자신이 왜 맞고 있는지도, 자신을 때리고 있는 여자가 누군지도 모르는 상태에서 주인의 밥상을 엎어버린 대죄를 범한 개처럼 두들겨 맞았다.

비명을 지르려고 했으나 그것도 여의치 않았다. 여자가 그의 입에 헝겊을 쑤셔 박았기 때문이다.

도대체 무슨 헝겊인지 지독한 악취가 풍겨서 맞는 고통에 버금갈 정도였다.

여자는 한참 동안이나 망나니가 춤을 추듯이 호리도차를 두들겨 팬 후에야 매질을 멈추고 그의 입에서 악취 나는 헝겊을 빼주었다.

"자, 말해봐."

"무, 무엇을⋯⋯."

콱!

여자는 다시 호리도차의 입에 헝겊을 목젖까지 깊숙이 쑤셔 박고는 다시 때리기 시작했다.

호리도차는 맞는 것도 맞는 것이지만 여자의 엽기적인 행동에 더 겁을 집어먹었다. 그는 지금껏 이런 여자를 본 적이

한 번도 없었다.

"헉헉헉… 말해봐."

일각 후에 그녀는 숨을 헐떡이면서 호리도차의 입에서 헝 겊을 빼주었다.

정신이 가물가물해진 호리도차는 입에서 헝겊이 뽑히자마 자 자신이 알고 있는 모든 것들을 좔좔 토해내기 시작했다.

이름은 도록(都祿), 이십사 세, 고향은 호북성 시골구석.

어렸을 때 부친으로부터 쌍도술(雙刀術)과 삼류권법을 배 운 것이 전부였다.

부친이 죽은 후, 십육 세 때 집을 나와 천하를 전전하면서 온갖 나쁜 짓은 다 했다.

십구 세에 운 좋게도 강서성의 어느 사도방파에 최하급 졸 개로 들어갔었다.

그 시절이 호리도차 도록에게는 전성기였다. 그 방파의 최 하급 졸개로서 동료 조원들과 함께 그 지역을 누비면서 살인, 방화, 약탈, 겁간 등을 거침없이 일삼으며 천하가 좁다 하고 활개치고 다녔었다.

그러다가 일 년 전에 재수없는 사건에 휘말려서 조원들이 몸담고 있는 방파의 형당(刑堂) 무사들에게 모조리 붙잡혀서 처형당하는 일이 벌어졌다.

도록은 필사적으로 탈출에 성공, 사파의 눈을 피해가면서 천하를 헤매다가 우연히 곤명성 어느 마을에서 한 장의 벽보를 보게 되었다.

운남성에 있는 천의맹 곤명지부 휘하 진원분타에서 무사를 모집한다는 내용의 벽보였다.

그는 그 즉시 진원분타로 향했다. 사파에서 그를 잡으려고 혈안이 되었으므로 진원분타의 무사가 되어 시골구석에 한동안 조용히 처박혀 있으려는 계획이었다.

그런데 잊고 있던 문제 하나가 생각났다. 무사를 뽑으면 필경 출신지나 몸담고 있었던 방, 문파에 대해서 물어보고 또 조사를 하는 것이 당연하다.

그러면 자신이 사파에 있었으며 사고까지 치고 도망 다니는 신세라는 것이 발각될 가능성이 크다.

그리되면 무사로 발탁되는 것은 고사하고, 오히려 진원분타에 잡혀서 처형될 것이 뻔하다.

하지만 현재의 그는 막바지에 몰린 신세다. 이제 더 이상 갈 곳도, 물러설 곳도 없다.

여기에서 진원분타의 무사가 되지 못하면 깊은 산속으로 들어가서 화전이라고 일궈야 할 판국이다.

그래서 편법을 쓰기로 마음먹었다. 만만한 조장 하나를 구워삶던가 중독시켜서 협박을 하여 진원분타에 들어가는 것으로 말이다.

그는 진원분타의 조원 한 명을 선택하여 술을 진탕 사 먹인 후에 넌지시 조장들에 대해서 물었다.

그러자 술에 취한 조원은 엄지손가락을 치켜세우면서 자신이 모시고 있는 조장이 최고라고 침이 마르도록 칭찬했다.

그 조원은 자신의 이름이 장관웅이고 경혼조원이라고 묻지도 않았는데 몇 번이나 되풀이 말했다.

그래서 도록은 제물로 경혼조장을 정했고, 방법은 가장 간단하고 돈도 들지 않는 '독'으로 정했던 것이다.

도록은 그런 모든 것들을 무지막지한 매질과 여자의 엽기 행각에 질려서 술술 다 털어놓았다.

그러자 가만히 듣고 있던 여자가 졸린 듯 늘어지게 하품을 하고 나서 말했다.

"더 말해봐."

"마, 말할 게 없습니다!"

"그래도 더 해봐."

"정… 말 없습니다……."

도록은 울음 섞인 목소리로 애원했다.

"그래? 그렇다면 할 수 없지."

도록은 이제야 풀려나는구나 하고 생각했으나 그것은 철저한 착각이었다.

여자는 도록의 앞에서 모닥불을 피우더니 불길이 활활 타오르자 그 속에 쇠꼬챙이 하나를 깊이 찔러 넣었다.

그녀가 아무 말도, 엄포도 놓지 않고 쇠꼬챙이로 모닥불만 쑤석거리고 있었으나 도록은 잠시 후에 시뻘겋게 달궈질 쇠꼬챙이로 그녀가 무엇을 하려는지 충분히 짐작했다.

"아, 안 돼……."

모닥불 앞에 쪼그리고 앉은 여자는 기세 좋은 불길을 보면서 입맛을 다셨다.

"쩝, 감자라도 구워 먹으면 좋겠군."

그때 무악네 집 모퉁이에서 주소영이 불쑥 나타났다.

그녀는 대로 한복판에서 자신에게 사랑을 고백한 낯선 남자에게 배가 터지도록 맛있는 요리를 얻어먹고 즐거운 기분으로 오는 길이었다.

그 사내 소살은 약속대로 아무 짓도 하지 않았다.

또 맛있는 요리를 앞에 두고도 손도 대지 않고, 주소영이 요리를 먹는 동안 이것저것 지나가는 말처럼 몇 가지를 물어봤을 뿐이다.

소살이 진원분타에 새로 온 조장에 대해서 넌지시 물어보기에 주소영은 자신이 알고 있는 한도 내에서 성심껏 대답을 해주었다.

공짜로 푸지게 얻어먹는 중이기 때문에 보답으로 그 정도는, 아니, 그 이상 뭔가를 해줘야 될 것 같은 기분에서였다.

그래서 그가 묻지도 않았는데 진검룡이 남랑곡에서 보여준 무용담에 대해서도 입에서 침을 튀겨가며 설명해 주었다.

물론 그 당시에 그녀는 혼절해 있었으므로 낭랑에게 들은 내용을 자신이 본 것처럼 말해주었다.

그리고는 끝이다. 소살은 고맙다면서 인사까지 했고, 주소 영은 그와 헤어지면서 손까지 흔들어주었다.

그리고 돌아오는 길에 한 가지 이상한 생각이 문득 들었다.

소살이 주소영을 사랑한다고 길거리 한복판에서 크게 소 리칠 정도였는데, 어째서 그것에 대해서는 한마디도 하지 않 았는지가 궁금해진 것이다.

'뭔가 찜찜해……'

그래서 그 얘기를 진검룡에게 직접 해주기 위해서 이곳으 로 찾아온 것이다.

주소영이 모퉁이를 돌아서 별채 쪽으로 걸어가고 있을 때 낭랑은 손에 시뻘겋게 달궈진 쇠꼬챙이를 쥐고 통나무에 묶 인 어떤 사내에게 다가가고 있는 중이었다.

"어? 소영이 왔니?"

낭랑은 잔인한 표정을 지으면서 도록의 어디를 지지면 좋 을까 궁리하고 있다가 주소영을 보고 반가운 표정으로 미소 지었다.

"조장 안에 있어?"

"응. 들어가 봐."

낭랑은 건성으로 고개를 끄덕이고는 도록 앞으로 한 걸음 더 바싹 다가들었다.

도록은 얼마나 두들겨 맞았는지 옷은 갈가리 찢어졌고, 온 몸이 터져서 피가 철철 흘렀으며, 얼굴은 짓뭉개 놓은 만두처럼 부풀어 오른 처참한 모습이다.

그는 잔뜩 부풀어 오른 눈두덩이 속에 파묻힌 눈으로 공포에 질려서 낭랑을 보고 있다가 가볍게 움찔 놀랐다.

이어서 저만치 별채를 향해 걸어가고 있는 주소영을 보며 다급하게 외쳤다.

"소, 소영아!"

뚝!

주소영은 걸음을 멈추었다. 그러나 얼른 뒤돌아보지는 않고 그대로 서 있었다.

그녀는 방금 자신을 부른 다급한 목소리를 듣고 반사적으로 한 사람, 아니, 한 마리 짐승을 떠올렸다.

그녀가 아홉 살 때 부친이 죽고 나서부터는 모친 혼자서 뼈가 부러지도록 일해서 사 남매를 먹여 살려야만 했었다.

그런데 일 년 후에, 아홉 살 터울의 오빠가 일을 저질렀다. 모친이 애써 모은 돈을 훔쳐서 집을 나가 버린 것이었다.

모친이 거리에서 조그만 좌판이라도 벌여보자고 먹을 것 먹지 않고, 입을 것 입지 않으면서 아등바등 모은 돈이라는 것을 열 살밖에 안 된 주소영은 너무도 잘 알고 있었다. 그것을 오빠가 훔쳐서 가출을 한 것이다.

그 일로 모친은 몸져누웠고, 일곱 살, 다섯 살짜리 두 동생과 병든 모친은 주소영 차지가 되어버렸었다.

그리고는 악에 받쳐서 칠 년 동안 해보지 않은 일이 없을 정도로 지독하게 바동거리면서 살았었다.

만약 주소영의 귀가 잘못되지 않았다면, 그리고 그녀의 기억이 틀리지 않다면 방금 들은 목소리는 씹어 먹어도 시원치 않은 오빠, 아니, 그 짐승 같은 자식의 것이 분명하다.

주소영이 돌아보지 않자 도록은 다급히, 그러나 지옥에서 조상을 만난 듯이 기쁜 마음으로 다시 외쳤다.

"소영아, 오빠다! 록 오빠라구! 날 모르겠니?"

낭랑은 아닌 밤중에 홍두깨냐는 듯이 주소영과 도록을 번갈아 쳐다보았다.

도록은 낭랑을 힐끗 보더니 필사적으로 소리치기 시작했다.

"이것 보시오! 저 아이 도소영과 나 도록은 엄연히 남매지간이오! 피가 섞인 남매란 말이오!"

그러자 낭랑의 눈이 샐쭉하게 비틀리면서 입가에 다시 잔인한 미소가 매달렸다.

"이 자식아, 쟤 성은 주씨다. 주소영. 어디다 대고 사기를 쳐? 너 오늘 한번 죽어봐라. 퉤!"

"주, 주소영이라구요? 그럼 성을 바꾼 겁니다! 우리 아버지 성이 도씨고, 쟤네 엄마 성이 주씨인데 엄마 성을 따른 겁니다! 우리 남매는 엄마는 다르지만 아버지는 같다구요! 즉, 이복 남매입니다! 물어보십시오!"

도록은 미친 듯이 악다구니를 써댔다.

낭랑은 고개를 갸웃거리면서 무심결에 벌건 쇠꼬챙이를 어깨에 걸머메며 주소영을 쳐다보았다.

"소영아, 이놈 말이 맞느냐? 앗! 뜨거!"

"모르는 놈이야."

주소영은 차갑게 내뱉고는 뒤도 돌아보지 않고 걸음을 옮기기 시작했다.

도록은 자지러지듯이 울부짖었다.

"소영아! 내가 어머니와 너희를 놔두고 가출한 것 때문이라면 오빠가 잘못했다! 용서해라!"

뚝.

주소영이 다시 걸음을 멈추었다. 모른 체하려고 했는데 도록의 말이 그녀를 가만히 내버려 두지 않았다.

탁탁탁!

그녀는 갑자기 휙 돌아서더니 도록에게 똑바로 달려갔다. 아니, 돌진했다.

탁!

그러더니 낭랑 곁을 스쳐 지나면서 그녀의 손에서 불에 달군 시뻘건 쇠꼬챙이를 낚아챘다.

도록은 눈을 휘둥그렇게 떴다. 너무 놀라서 부어오른 눈두덩이 속에서 눈알이 튀어나오는 듯했다.

쉬익!

주소영이 낚아챈 쇠꼬챙이로 자신의 얼굴을 곧장 찔러오

고 있었기 때문이다.

"으아악—!"

도록은 쇠꼬챙이가 자신의 얼굴 정면으로 찔러오자 처절하게 비명을 내질렀다.

그의 눈에는 마치 악귀나찰처럼 변해 버린 주소영의 얼굴만 보였다.

눈이 시뻘겋게 충혈되고 하얀 이를 드러낸 채 새파란 살기가 번뜩이는 얼굴이다.

콱!

치이이…….

쇠꼬챙이는 도록의 왼쪽 귀를 아슬아슬하게 스치고 통나무에 꽂혔다. 통나무 타는 연기가 매캐하게 피어올랐다.

"으으으……."

도록은 사색이 되어 온몸을 푸들푸들 떨어댔다. 그는 자신이 살아 있다는 생각이 들지 않았다.

주소영은 쇠꼬챙이를 움켜쥔 채 도록의 얼굴에 자신의 얼굴을 바짝 들이대고 바득바득 이를 갈았다.

"네놈 같은 사고뭉치에 밥버러지 같은 놈이 가출한 것은 오히려 잘된 일이었다! 하지만… 어째서 어머니가 모아놓은 돈을 훔친 것이냐? 그 돈이 어떤 것이라는 건 너도 잘 알고 있었잖느냐?"

"소영아……."

"그 더러운 아가리로 내 이름을 한 번 더 불러봐라. 아가리
에 쇠꼬챙이를 꽂아주마!"

"……."

도록은 주소영이 너무 서슬이 퍼래서 차라리 낭랑에게 매
를 맞는 편이 낫겠다는 생각이 들었다.

"그래도 어머니와 나, 내 동생들에게 잘해주셨던 아버지를
봐서 네놈을 죽이지 않는 것이다!"

그녀는 홱 돌아서서 별채로 가며 싸늘하게 외쳤다.

"당장 꺼지지 않으면 아버지고 뭐고 내 손에 죽는다!"

낭랑은 놀라서 주소영과 도록을 번갈아 쳐다보았다. 그녀
가 보기에 두 사람은 남매가 분명한 것 같았다.

도록의 실토를 들어보면 그는 이곳 진원분타에 주소영이
있다는 사실을 전혀 몰랐었다.

그리고 주소영도 도록이 이곳에 온다거나 왔다는 사실을
까맣게 모르고 있었다.

이 넓디넓은 천하에서 장장 구 년 동안 헤어져 있던 남매가
우연히 만날 수 있는 확률이 얼마나 되겠는가. 그것도 이런
첩첩산중 촌구석에서 말이다.

"세상에……."

웬만한 일로는 외눈 하나 까딱하지 않는 낭랑이지만 지금
은 정말로 놀랐다.

그녀는 도록을 쳐다보다가 깜짝 놀랐다. 주소영이 찍어놓

은 달궈진 쇠꼬챙이가 그의 왼쪽 귓가에 꽂혀 있어서 그의 귀를 태우고 있었기 때문이다.

그런데도 도록은 너무 놀라고 겁에 질린 나머지 자신의 귀가 타고 있다는 사실조차 느끼지 못하고 있었다.

낭랑은 얼른 쇠꼬챙이를 뽑고는 도록의 귀를 살펴보았다.

왼쪽 귀 가운데 부위가 쇠꼬챙이 두께만큼 타버려서 까맣게 변해 있었다.

낭랑은 입맛을 다시면서 돌아섰다. 주소영의 오빠라는 사실을 알고는 주소영이 그를 아무리 증오하더라도 더 이상 괴롭힐 수가 없었다.

팍!

낭랑은 쇠꼬챙이를 땅에 꽂고는 그 옆에 떨어져 있는 헝겊 뭉치를 집어들었다. 그것은 도록의 입에 재갈처럼 물려놓았던 것이다.

탁탁.

그녀는 그것을 펼쳐서 털고는 한쪽의 양지바른 곳에 잘 펴서 널었다.

마침내 엽기적인 고문에서 해방된 도록은 남몰래 안도의 한숨을 토해내면서 낭랑의 하는 행동을 무심코 쳐다보다가 그제야 비로소 그녀가 양지바른 곳에 널어놓은 헝겊의 정체를 알게 되었다.

'소, 속곳?

손바닥 크기이며 두 쪽이고 양쪽에 끈이 달린, 그리고 무엇인지 모를 적갈색의 액체로 얼룩진데다 도록 자신의 침까지 묻어 있는 그것은 틀림없는 여자들의 은밀한 부위를 가리는 속곳이었다.

　도록은 머릿속이 마구 헝클어졌다. 속곳에 묻은 적갈색의 얼룩이 무엇인지 깨달은 그는 속이 마구 메슥거렸다.

　또한 낭랑이 속곳을 양지바른 곳에 널어놓은 것으로 미루어 말려서 다시 입으려 한다는 사실을 깨달았다.

　'으으… 저거 여자 맞아?'

　그는 막 기지개를 켜고 난 해사하며 예쁘장한 낭랑이 괴물로 보였다.

　어떻게 여자가 자신이 입던 분비물이 잔뜩 묻은 속곳을 다른 사람, 그것도 남자의 입에 재갈로 물릴 생각을 할 수가 있단 말인가.

　"에… 퉤퉤퉤!"

　도록은 자신도 모르게 마구 침을 뱉었다.

　순간 낭랑이 힐끗 자신을 쳐다보자 그는 소름이 쫙 끼쳤다.

　그러자 낭랑은 널어놓은 속곳을 집어서 곧장 도록에게 걸어오더니 그것을 구겨서 그의 입속에 깊이 쑤셔 박았다.

　도록은 돌아서서 걸어가는 낭랑을 공포에 질린 표정으로 쳐다보았다.

　'으으으… 저년은 악마다……'

주소영은 진검룡이 남랑곡에서 구해내고 치료를 해준 이후로는 오늘 그를 처음 보는 것이다.

그녀는 남랑곡에서 자신이 얼마나 심한 중상을 입었는지 똑똑히 기억하고 있었다.

얼마나 절박한 상황이었으며, 얼마나 고통스러웠는지를 생생하게 기억하고 있는데, 하물며 자신의 상처를 기억하지 못하겠는가. 그리고 그것 때문에 그녀는 거의 죽어가고 있었지 않은가.

아니, 만약 진검룡이 제때에 손을 쓰지 않았더라면 그녀는 필경 이미 죽은 목숨이었을 것이다.

낭랑은 그녀에게 진검룡이 어떻게 치료를 했었는지 자세히 설명하지 않았다.

낭랑 자신과 주소영이 둘 다 아주 미묘한 부위에 중상을 입은 탓에 치료하는 과정에서 은밀한 부위가 죄다 그에게 까발려졌었다는 사실을 차마 설명할 수가 없었다.

그러나 굳이 낭랑이 자세히 설명하지 않더라도 주소영은 그런 사실을 충분히 짐작하고도 남음이 있었다.

정신을 차리고 깨어난 이후 자신의 아랫배 상처를 자세히 살펴봤기 때문이다.

낭랑은 진검룡에게 부끄러움과 수치심을 품고 있지만 주소영은 달랐다.

그녀는 다 죽어가는 자신을 살려낸 진검룡에게 평생 누구에게도 품어보지 않은 고마움을 느끼고 있으며, 아울러서 그의 놀라운 의술에 탄복했다.

할 수만 있다면 그런 실력을 배우고 싶었다. 그 정도의 실력만 있으면 돈을 버는 것은 땅 짚고 헤엄치는 것처럼 쉬울 것이기 때문이다.

그리고 아파서 벌써 몇 년째 병석에 누워 있는 모친을 고칠 수도 있을 것이다.

"조장, 술 좀 마셔도 되겠어요?"

주소영은 당궤 앞에 앉아서 책을 읽고 있는 진검룡을 물끄러미 바라보다가 조용히 입을 열었다.

그녀는 지난번에 진검룡 때문에 겁에 질려서 선 채로 오줌을 싼 적이 있었다.

그 일 때문에 진검룡을 원수처럼 미워했었는데 이젠 그런 것은 까맣게 잊고 오히려 그의 말이라면 불 속이라도 뛰어들 각오를 갖게 되었다. 그러므로 말투가 공손하게 변한 것은 당연한 일이다.

꼴깍!

그때 주소영 뒤에서 침 넘기는 소리가 들렸다. 그녀가 돌아보니 낭랑이 입에서 침을 질질 흘리고 있었다.

주소영이 술 얘기를 했기 때문에 조건반사를 보이고 있는 것이다.

낭랑의 표정은 이미 독한 화주를 열 병쯤 마신 사람의 그것과 같았다.

그러자 진검룡이 책에서 시선을 떼고 잔잔한 눈길로 주소영을 쳐다보았다.

"몸은 괜찮으냐?"

예의 무뚝뚝하고 건조한 목소리다.

그러나 주소영에겐 지대한 관심으로 들렸다.

그녀는 두 손을 앞에 모으고 공손하게 대답했다.

"네."

"술 마셔도 되겠느냐?"

인간미라고는 추호도 없는 삭막한 말투다.

하지만 주소영은 그 말을 듣고 가슴속에서 따스한 물이 흐르는 듯한 훈훈함을 느꼈다.

그녀는 방그레 미소를 지었다.

"끄떡없어요."

진검룡은 시선을 다시 책으로 던지며 중얼거렸다.

"조원들을 불러라. 다 함께 한잔하자."

"네!"

주소영이 종달새처럼 대답하고는 밖으로 달려나가려는데 낭랑이 진검룡에게 불쑥 물었다.

"조장, 나는 왜 안 물어보는 거지?"

진검룡은 그녀에겐 관심없다는 듯 서책에만 집중했다.

낭랑은 그럴 줄 알았다는 듯 개의치 않고 추궁하듯 집요하게 물었다.

"왜 나한테는 몸이 괜찮으냐고 묻지 않는 거지?"

낭랑은 진검룡이 대답하지 않을 것이라는 사실을 짐작하면서도 그가 정말 대답을 하지 않자 은근히 신경질이 났다.

"왜 나한테는 술 마셔도 되느냐고 물어보지 않는 거냐구? 왜 사람 차별해!"

신경질이 나니까 언성이 점점 높아졌다.

"언니, 지금 질투하는 거야?"

"앗!"

그때 뒤에서 듣고 있던 주소영이 불쑥 묻자 낭랑은 화들짝 놀랐다. 그녀가 벌써 나갔는 줄 알았던 것이다.

"아, 아니, 질투는 무슨……."

그녀가 당황해서 두 손을 마구 젓자 진검룡이 조용히 말문을 열었다.

"낭랑."

"왜?"

"너는 술 마시지 마라."

순간 낭랑의 안색이 해쓱하게 질렸다. 그녀는 급히 허리를 굽실거리며 저자세를 취하며 비굴하게 미소 지었다.

"으헤헤… 조장님, 소녀가 잠시 제정신이 아니었어요. 용서하세요. 헤헤……."

모두들 술을 마시는데 그녀에게만 술 마시지 말라고 하는
것은 죽음보다 더한 가혹한 형벌이다.

第十九章
견습 조원(見習組員)

초저녁에 무악네 주루는 영업을 중지하고 문을 닫았다.

경혼조가 주루를 전세 내서 회식을 하기 때문이다.

주루 한복판 난로 옆에는 탁자 두 개를 나란히 붙였고, 진검룡을 비롯한 경혼조원들이 둘러앉았다.

조원들은 자신이 앉고 싶은 자리에 자유롭게 앉았으며, 요리와 술이 나오자 마시자는 소리를 하지도 않았는데 자연스럽게 먹고 마셨다.

진검룡은 탁자 가운데 앉았고 주소영이 그의 왼쪽에 앉아서 이것저것 시중을 들어주고 있었다.

주소영은 변했다. 아니, 다른 것은 그대로인데 진검룡을 대하는 태도만 변했다.

똑같이 목숨을 구해주었는데도 낭랑은 예전이나 다름이 없는 모습이다.

술잔이 몇 순배 돌아가자 술자리의 화제는 자연스럽게 요즘 진원현에서 화제가 되기 시작한 '남랑곡 묘족 여자 구출'로 이어졌다.

"그 자식들! 순 사기꾼이잖아! 우리 조장 아니었으면 남랑곡에서 묘족 여자들을 구하는 것은 절대로 불가능했었다구! 모두들 그렇게 생각하지 않아?"

장관웅이 흥분해서 커다란 주먹을 휘두르며 씨근거리자 조원들이 고개를 끄덕였다.

평소에는 말도 없고 예의 바른 모습의 동풍마저도 그 소문에 대해서는 할 말이 많은 듯했다. 그는 정색을 하고 조원들을 둘러보며 언성을 높였다.

"처음에 조장님께서 남랑곡에 가자고 했을 때 탈혼조 호 조장은 고개를 설레설레 흔들면서 완강하게 가지 않겠다고 버텼었지요."

진검룡을 제외한 조원들은 얼굴이 붉어지기 시작했다. 그것은 술기운 때문만은 아니었다.

"서릉묘족의 을지간을 앞세워서 남랑곡으로 갔던 것이나, 구름다리를 넘었던 것, 그리고 남랑곡 내에 미리 잠입해서 묘족 여자들이 갇혀 있는 장소를 완벽하게 알아낸 것 등은 모두

조장님이 하신 일인데 호 조장과 탈혼조가 공을 가로채는 것
은 언어도단(言語道斷)입니다."

동풍이 열변을 토하자 평소에 점잖은 와평도 지지 않고 한
몫 거들었다.

"더구나 조장님께선 낭랑과 주소영도 구해오지 않으셨
나."

조원들은 낭랑과 주소영이 남랑곡 산적들과 싸우다가 죽
을 위기에 처했던 것이나 중상을 입었던 일에 대해서는 자세
히 모르고 있었다.

그러므로 진검룡이 두 여자를 남랑곡에서 구하고 또 치료
를 해서 목숨을 살렸다는 사실도 모르는 것이 당연하다.

모두들 진검룡이 한 일에 대해서는 일 할만 알고 있었다.
만약 그가 남랑곡을 몰살시켰다는 사실이 알려진다면 일대
파란이 벌어질 것이 분명하다.

탕!

"이건 무슨 조치를 취해야만 된다고 본다! 이대로 가만히
있다가는 공은 탈혼조로 다 돌아가고 우린 쭉정이 신세를 면
치 못할 것이다!"

거구에 성격이 불같은 장관웅이 손바닥으로 탁자를 세게
치면서 벌떡 일어섰다.

"흥분을 가라앉히고 그만 앉게."

그러자 경혼조의 큰형님 격인 와평이 점잖게 장관웅을 타

일렀다.

"조장님께서도 생각이 있으시겠지."

그의 말에 모두들 기대 어린 표정으로 진검룡을 주시했다.

진검룡이 전면에 나서기만 하면 호태곤의 거짓은 백일하에 낱낱이 드러날 것이다. 경혼조원들은 진검룡이 그래 주기를 원하고 있었다.

호태곤과 탈혼조원 대신 자신들이 의기양양하게 거리를 활보하고 싶었기 때문이다.

그러나 사실 진검룡은 아무 말도 하고 싶지 않았다.

남랑곡의 일은 특별히 어떤 의미가 있어서 한 것이 아니라 그 당시의 상황에 따라서 대처했을 뿐이다.

하지만 지금은 진검룡이 뭔가 한마디 해야만 할 상황이다. 경혼조원들이 매우 격앙되어 있었으므로 그가 다독이지 않으면 무슨 일을 저지르고 말 터이다.

그러는 것은 진검룡이 바라는 바가 아니다. 그는 무조건 조용하기를 원한다.

"내가 끄는 수레는 조용해야 한다."

이윽고 진검룡이 조용히 말문을 열었다. 그런데 밑도 끝도 없는 선문답 같은 말이라서 조원들은 의아한 표정으로 그의 다음 말을 기다렸으나 말은 더 이상 이어지지 않았다.

그의 말에 한 사람만 얼굴을 잔뜩 찌푸렸다. 장관웅이다. 무슨 뜻인지 모르기 때문이다.

반면에 와평과 동풍, 낭랑, 주소영 네 사람은 조용했다. 하지만 그들 네 사람이 모두 진검룡의 말뜻을 알아들었기 때문이 아니다.

조원들 중에서 그래도 학식이 높은 편인 동풍은 대충 알아들었다.

그리고 와평은 학식은 짧지만 연륜과 경험을 바탕으로 어느 정도 알아들었다.

단적으로 말하자면, 앞에서 수레를 끄는 사람은 조장인 진검룡이고, 뒤에서 수레를 미는 사람은 경혼조원들이다.

조장이 수레가 조용하게 가기를 원하므로 조원들도 그것에 따르라는 뜻이다.

깊이 파고들자면, 진검룡이 남랑곡에서 묘족 여자들을 구했던 일은 세상 공명을 바라고 한 일이 아니라 단지 그녀들을 구해야만 할 상황이라서 구한 것뿐이라는 뜻이다.

하지만 그것을 제대로 헤아린 사람은 동풍뿐이었다.

와평은 수레 운운하는 것만 이해했다.

그리고 낭랑과 주소영은 수레의 의미는 잘 모르지만 어쨌든 진검룡이 하는 일이면 무조건 따른다는 주의였다. 그래서 입을 꾹 다물고 열심히 고개만 끄덕이고 있는 것이다.

마지막으로 조제는 입도 벙긋하지 못할 입장이라서 가만히 있는 것이다.

그는 그 당시에 자신이 어째서 진검룡을 따라 남랑곡에 가

지 않았는지 후회막급이었지만 이제 와서는 어쩔 도리가 없
는 일이다.

다만 앞으로는 진검룡이 무슨 일을 하더라도, 그리고 어떤
명령을 내리더라도 무조건 따르겠다고 마음속 깊이 다짐하고
있는 중이었다.

그때 장관웅이 답답하다는 듯 주먹으로 제 가슴을 치면서
분통을 터뜨렸다.

"조장! 도대체 수레가 조용하게 가는 게 뭔지 설명해 주시
오! 이거야 원 답답해서 미치겠소!"

"그렇게 떠들지 말라는 뜻이네."

와평이 주의를 주자 장관웅은 눈을 껌뻑거리면서 그와 진
검룡을 번갈아 쳐다보았다.

"조용히 하게. 조장님께서 하실 말씀이 있으신 듯하네."

와평이 넌지시 말하자 장관웅은 입을 다물고 진검룡을 쳐
다보았다.

사실 주소영이 술 한잔하고 싶다고 했을 때, 진검룡이 조원
모두를 모이게 한 데에는 그럴 만한 이유가 있었다.

어쨌든 진검룡은 이곳 진원분타의 경혼조장이 되었고, 이
들은 경혼조원이 되었다.

즉, 조장과 조원, 하나의 공동 운명체로 결속된 것이다.

얼마 전까지 그가 이끌던 무림 최강 조직인 청룡검대하고
는 절대로 비교할 수 없겠지만, 경혼조도 엄연히 하나의 조직

임에는 분명하다.

그러므로 조직의 우두머리로서 자신의 소신이랄까 뭔가 지향하는 바를 말해두어야 앞으로 경혼조를 이끌어가는 데 서로 마찰이 없을 것이라는 생각이다.

진검룡은 조원들을 한차례 천천히 둘러본 후에 조용한 어조로 입을 열었다.

"앞으로는 내가 시키는 대로만 해라."

경혼조원들은 그가 다음 말을 하기를 기다렸으나 이번에도 그 말로 끝이다.

시키는 대로만 해라.

그 말은 일견 매우 간단한 것 같지만 사실 많은 의미를 함축하고 있었다.

시키는 일만 해라. 그리고 서키지 않는 짓은 하지 말라는 뜻이다.

말은 쉬운 것 같지만 사실 그것은 매우 어려운 일이다. 사람이 길들여진 개가 아닌 이상 시키는 일만 또박또박 할 수는 없기 때문이다.

다른 조원들은 고개를 갸웃거렸으나 와평과 동풍만은 진중한 표정을 짓고 있었다.

장관웅이 별것 아니라는 듯 너스레를 떨었다.

"그 정도야 뭐 어렵겠소?"

"어려운 일이오."

동풍이 진지하게 반박했다.

장관웅이 무슨 소리냐는 듯 동풍을 쳐다보았다.

"왜 어렵다는 거지?"

"장 형은 조장이 시키는 일이라면 무엇이든 할 수 있소?"

"물론이다."

장관웅은 대답을 하고 진검룡을 쳐다보면서 자신의 충성심이 이 정도라는 듯 우쭐거렸다. 하지만 그의 우쭐거림은 오래가지 않았다.

"장 형은 조장이 죽으라고 명령하면 죽을 수 있소?"

"뭐?"

동풍의 말에 장관웅은 발끈해서 그를 쳐다보았다.

"죽을 수 있소?"

동풍이 다시 한 번 묻자 장관웅은 대답하지 못하고 눈만 껌뻑거렸다.

"시키는 대로라는 것은 그만큼 어려운 일이오."

"끙⋯⋯."

동풍이 점잖게 말하자 장관웅은 앓는 소리를 냈다. 아무리 진검룡에게 충성을 한다고 해도 죽으라는 명령을 무조건 따를 정도는 아닌 것이다.

그때 진검룡이 조용히 말했다.

"그런 일은 없어야겠지."

그 말을 달리 풀이하면, 상황에 따라서는 그런 일이 있을 수도 있다는 뜻이었다.

그때 주소영이 술잔을 만지작거리면서 또랑또랑한 목소리로 말했다.

"나는 조장이 죽으라고 하면 죽을 수 있어."

모두들 놀란 얼굴로 그녀를 쳐다보았다.

주소영은 당찬 표정으로 진검룡을 바라보며 말을 이었다.

"나는 뭐든지 조장이 시키는 대로 하겠어요."

"나도."

그러자 탁자 끄트머리에 앉아서 쉬지 않고 술을 마시고 있던 낭랑이 냉큼 따라서 했다.

그녀는 경혼조원 중에서 진검룡을 가장 잘, 그리고 많이 알고 있는 사람이다.

남랑곡에서 끝까지 정신을 잃지 않았던 그녀는 진검룡이 자신과 주소영을 구하는 과정과 치료하는 것, 그리고 남랑곡을 전멸시키고 돌아온 것에 대해서 알고 있었다.

그 당시에 진검룡이 그녀에게 무조건 입을 다물 것을 약속시켰기 때문에 아무 말도 못하고 있을 뿐이다.

그런 약속을 하지 않았다면 그녀는 이미 진원현이 떠나갈 정도로 나팔을 불고 다녔을 것이다.

비록 상대가 산적이지만, 단신으로 이백여 명의 산적들을 몰살시키는 것은 결코 아무나 할 수 있는 일이 아니다.

그 사실이 밝혀지면 진검룡은 순식간에 진원현의 영웅이

된다. 그런데 어찌 된 일인지 그는 그런 것을 원하지 않는 것 같다.

낭랑은 주소영이나 다른 조원들이 진검룡을 믿는 것과 다른 의미로 그를 신뢰하고 있었다.

"나는 조장이 아무 이유 없이 죽으라고 해도 기꺼이 죽을 수 있습니다."

그때 또 다른 탁자 끄트머리, 즉 낭랑 맞은편에 앉은 누군가가 조용한 목소리로 말했다.

진검룡을 제외한 모두의 시선이 그쪽으로 향했다. 그러나 그들은 곧 경멸 어린 표정을 지었다.

방금 말한 사람이 조제였기 때문이다. 그는 남랑곡에 가지 않은 일로 조원들에게 미운털이 단단히 박힌 상태다.

비록 조제가 진심에서 우러나서 그런 말을 했다고 해도 조원들은 그 말을 절대로 믿지 않았다.

와평이 빙그레 엷은 미소를 지으며 진검룡을 쳐다보았다.

"내 목숨 같은 것도 어디 쓸 데가 있다면 조장님께 맡기도록 하겠습니다."

그의 말이 끝나자마자 동풍이 자리에서 일어나 진검룡에게 정중히 포권을 했다.

"속하 동풍은 조장님의 명령에 무조건 따르겠습니다."

"이런 제길! 내가 꼴찌잖아!"

제일 먼저 진검룡이 시키는 것은 무엇이든 하겠다고 말했다가 동풍의 딴죽에 제동이 걸렸던 장관웅이 눈을 퉁방울처럼 부라렸다.

"어쨌든 나도 조장의 명령에 절대복종하겠소! 큽!"

그는 그것이 못내 못마땅한 듯 우렁우렁한 목소리로 말하고 나서 술잔을 단숨에 비웠다.

주방에서 가까운 쪽 탁자에 옥청과 무악 모자가 나란히 앉아서 이 광경을 바라보고 있었다.

옥청과 무악은 경혼조원들이 진검룡을 무조건적으로 신뢰하는 모습을 보면서 더없이 흐뭇한 표정을 지었다.

또한 두 사람은 진검룡이 활약하여 서릉묘족의 여자들을 남랑곡에서 구출했으며, 낭랑과 주소영을 구했다는 새로운 사실도 알게 되었다.

두 사람은 경혼조원들이 전혀 모르고 있는 비밀 하나를 더 알고 있었다.

옥청이 한매선에게 납치된 것을 진검룡이 단신으로 구했다는 사실이다.

그 사실을 경혼조원들이 알게 되면 진검룡에 대한 믿음이 훨씬 더 깊어질 것이다.

하지만 그것을 진검룡이 직접 말하지 않는 한 옥청과 무악은 절대 발설하지 않을 생각이다.

"조제."

그때 진검룡이 빈 술잔을 내려놓으며 입을 열었다.

"네, 넷!'

탁자 끄트머리에 앉아 있던 조제는 설마 자신이 호명될 줄은 모르고 있다가 깜짝 놀라서 벌떡 일어섰다.

"뒷마당에 묶여 있는 자를 데리고 와라."

그 말에 다들 어리둥절한 표정이지만 주소영 혼자 움찔하면서 진검룡을 쳐다보았다.

그녀는 진검룡이 무슨 의도로 도록을 부르는 것인지 모르겠지만 알 수 없는 불안이 엄습했다.

그래서 잔뜩 초조한 표정에 '제발 그러지 말아요' 하는 실낱같은 표정 하나를 얹어서 빤히 진검룡을 바라보았다.

그러나 진검룡은 그녀를 거들떠보지도 않은 채 묵묵히 술만 마시고 있을 뿐이다.

이윽고 조제가 도록을 부축해서 돌아왔다.

도록은 낭랑에게 얼마나 당했는지 걸음도 제대로 걷지 못할 정도였다.

그는 몹시 불안한 표정으로 주위를 두리번거리다가 나란히 앉아 있는 진검룡과 주소영을 발견하고는 경기를 하듯 움찔 몸을 떨었다.

"흑!'

그리고는 뒤이어 낭랑이 자신을 보면서 히죽 웃는 것을 발견하곤 아예 온몸의 힘이 풀려서 비틀거리다가 그 자리에 주저앉고 말았다.

"앉아라."

진검룡의 말에 조제가 도록을 부축해서 빈자리에 앉혔다.

진검룡은 거두절미하고 본론만 말했다.

"저자는 오늘부터 경혼조원이다."

"힉?"

그 말에 낭랑과 주소영의 얼굴에 놀라움이 가득 떠올랐다. 방금 괴상한 소리는 낭랑의 입에서 나온 것이다.

주소영은 옆에 앉은 진검룡을 눈을 하얗게 뜨고 흘겼으나 아무 말도 하지 않았다.

하지만 뭐니 뭐니 해도 가장 놀란 사람은 당사자인 도록이다.

그는 퉁퉁 부은 눈두덩이 속에 파묻힌 눈으로 못 믿겠다는 듯 진검룡을 쳐다보았다.

진검룡과 주소영, 낭랑을 제외하곤 다른 조원들은 도록이 누군지 모른다.

그렇지만 아무도 그가 주소영의 오빠라고 말하지 않았다.

진검룡이 도록을 경혼조원으로 받아들인 데에는 그만한 이유가 있었다.

그가 주소영의 오빠이기 때문이 아니다. 단지 그의 치열함을 인정한 것이다.

사람은 누구에게나 절박한 상황이 생기게 마련이다. 그런 상황에서 자포자기하는 사람이 있는가 하면 맞서서 치열하게 싸우는 사람이 있다.

도록은 후자다. 자신의 운명과 정면으로 부딪쳐서 싸우는 모습을 보여주었다.

진검룡은 그런 사람을 높이 평가한다. 그래서 그를 흔쾌히 받아들인 것이다.

그때 예의 바른 동풍이 일어나서 조제에게 정중히 포권을 해 보였다.

"불초는 동풍입니다. 앞으로 잘해봅시다."

이어서 장관웅과 조제, 와펑이 줄줄이 도록에게 자신의 소개를 했다.

낭랑은 피식 실소를 짓더니 도록에게 술잔을 내밀었다.

"아까 그 일은 신고식이라고 생각해라. 나는 낭랑이다. 자, 한 잔 받아라."

그녀의 말을 듣고서야 조원들은 도록을 저 지경이 되도록 만든 사람이 낭랑이라는 사실을 깨달았다.

아직도 어떻게 돌아가는 영문인지 정신을 차리지 못하고 있는 도록은 낭랑을 보더니 벌떡 일어나서 덜덜 떨리는 두 손을 내밀어 잔을 받았다.

주소영은 한참이나 더 원망 어린 표정으로 진검룡을 주시했으나 이윽고 남몰래 한숨을 호로록 내쉬며 어쩔 수 없다는 표정을 지었다.

그녀는 조금 전에 진검룡이 죽으라고 하면 죽을 수 있다고 자신있게 말했었다.

그렇기 때문에 도록을 경혼조원으로 임명하겠다는 진검룡의 결정을 거역할 수는 없는 일이었다.

진검룡을 비롯하여 경혼조원 모두를 놀라게 만든 일은 바로 그때 일어났다.

옥청이 무악을 데리고 조심스럽게 이쪽으로 다가왔다.

그녀는 주소영 뒤쪽에 서서 진검룡을 향해 공손히 허리를 굽혔다.

"조장님, 무리한 부탁을 드리겠습니다."

진검룡을 비롯한 모두가 옥청을 주시했다.

그녀는 허리를 굽힌 채 더욱 공손한 어조로 말을 이었다.

"저의 못난 아들을 경혼조원으로 받아주세요."

"에엣?"

"뭐, 뭐시라? 무악을?"

난데없는 말에 조원들은 크게 놀라 탄성을 터뜨렸다.

경험이 풍부하고 명석한 진검룡으로서도 설마 옥청이 그런 부탁을 할 줄은 예상하지 못했기에 가볍게 놀라는 표정을 지었다.

와평은 이곳 주루의 단골이라서 옥청의 사람됨이나 아들을 끔찍이 사랑하는 것, 또한 주모답지 않게 고매한 성품을 지닌 것 등을 잘 알고 있었다.

그녀가 금쪽같은 아들 무악을 경혼조원으로 만들려고 하

는 것은 그만큼 진검룡을 굳건히 믿고 있다는 뜻이었다.

와평이 아는 한 옥청은 무악에게 매일 학문을 엄하게 가르치고 있었다.

그 이유는 장차 무악이 약관의 나이가 되면 곤명성 성청(城廳)에서 실시하는 대과(大科:문과 시험)에 응시하여 관인(官人)으로 등용시키려는 것이다.

관인, 즉 관직(官職)에 오르는 것은 모든 젊은이들과 부모의 간절한 염원이다. 그것만큼 탄탄하고 출세가 보장된 직업이 없기 때문이다.

옥청과 무악을 알고 있는 사람들은 무악이 지금 당장 곤명성의 대과에 응시하더라도 급제(及第)는 따 놓은 당상이라고 입을 모은다.

무악의 실력을 잘 알기 때문이다. 단지 약관의 나이가 돼야 대과에 응시할 수 있는 규정 때문에 무악으로선 삼 년을 더 기다려야 하는 형편이었다.

그런데 옥청이 느닷없이 무악을 경혼조원으로 받아달라고 진검룡에게 간청하고 있는 것이다.

그것은 무악이 관인이 되는 것을 포기하겠다는 뜻이다. 달리 말하면, 무악이 관인이 되는 것보다 경혼조원이 되는 것이 더 뜻있는 일이라고 옥청이 판단했다는 사실이다.

그러나 경혼조원 모두는 진검룡이 절대로 무악을 받아줄 리 없다고 단정했다.

조원들은 진검룡을 주시했다. 방금 경혼조원이 된 도록도 기대 어린 표정으로 진검룡을 쳐다보았다.

이들 모두는 진검룡이 거절하면 옥청이 어떤 반응을 보일 것인지에 더 흥미가 있었다.

진검룡은 옥청 옆에 서 있는 무악을 가타부타 말없이 쳐다보았다.

그러자 무악은 돌연 그 자리에서 털썩 꿇어앉더니 이마를 바닥에 조아리며 부르짖듯이 외쳤다.

"사부님, 경혼조원이 되고 싶습니다! 저 무악은 사부님의 명령이라면 지옥의 불 속이라도 뛰어들겠습니다! 부디 거두어주십시오!"

그가 이처럼 단호하게 나올 줄 예상하지 못했던 조원들은 적잖이 놀란 표정이었다.

옥청은 허리를 굽히고 있으며, 무악은 무릎을 꿇은 채 진검룡의 대답을 기다리고 있었다.

탁!

진검룡은 들고 있던 술잔을 내려놓으며 입을 열었다.

"석 달 동안의 견습을 거친다."

"아……!"

옥청과 무악은 고개를 들고 환한 표정을 지었다. 세상을 다 가진 듯한 표정이다.

견습을 거친다는 뜻은 경혼조원으로서 적합할지 어떨지

곁에 두고 지켜보겠다는 뜻이니 절반의 승낙이다.

비록 '견습 조원(見習組員)'이라는 딱지가 붙긴 했지만 무악처럼 무술도 모르는데다 어린 소년을 받아들인 진검룡의 결정은 파격이었다.

다들 놀라서 입을 벌리고 있는데, 와평은 진검룡에 대해서 한 가지 사실을 더 알게 되었다.

그가 소위 '오는 사람 막지 않고, 가는 사람 잡지 않는다'라는 사고방식을 갖고 있다는 사실이었다.

"고마워요."

"열심히 하겠습니다!"

옥청과 무악은 진검룡에게 다시 한 번 고개 숙여 인사했다.

주소영은 뜻하지 않은 도록의 경혼조 가입 때문에 심기가 불편해져서 진검룡에게 하려던 말을 잊어버렸다.

나중에 그것이 생각나긴 했으나 웬 미친놈이 자신에게 사랑 고백을 하고는 진검룡, 아니, 진원분타에 새로 온 조장에 대해서 이것저것 물었다는 사실이 별로 중요한 일이 아니라는 생각이 들어서 흐지부지해 버렸다.

어느덧 술자리는 두 명의 신입 조원을 축하하는 자리로 변했다. 술에 취한 조원들은 어깨동무를 하고 큰 소리로 노래를 불러댔다.

제일 시끄러운 사람은 누가 뭐래도 낭랑이다. 그녀는 남랑곡에서 비파를 잃어버렸는데도 의자 하나를 끌어안은 채 그것을 비파처럼 켜면서 예의 백거이의 비파행을 목이 터져라 불러댔다.

술자리가 파한 시각은 해시(밤 10시)를 조금 넘겨서다.
꽤 많이 취한 조원들은 거리가 떠들썩하게 노래를 부르면서 진원분타로 돌아갔다.
고주망태가 된 낭랑은 자신도 없혀 사는 주제에 주소영더러 자기 방에서 자고 가라고 한사코 붙잡았다.
도록의 경혼조원 가입 때문에 심사가 불편한 탓에 술을 많이 마셔서 비틀거리던 주소영은 낭랑의 손길을 뿌리치지 않았다.
진검룡은 주소영 때문에 낭랑을 내쫓지 못하고 두 여자를 마루에서 재워야만 했다.
신입 조원 무악의 모친 옥청이 두 여자에게 푹신한 이불을 갖다 준 덕분에 낭랑은 모처럼 호강을 하게 됐다.

마음이 들뜬 무악 모자는 서둘러 주루 내를 청소했다.
그런데 무악이 주루 문을 막 닫으려고 할 때 조금 전에 주루를 떠났던 와펑이 다시 들어섰다.
"펑 아저씨, 무슨 일이에요?"
이제 같은 경혼조원이 된 무악이 반갑게 와펑을 맞이했다.
"조장을 찾아온 손님이 계셔서 모시고 왔다."

와평이 그렇게 말하면서 비켜서자 무악은 그의 뒤쪽에 일단의 무리들이 모여 서 있는 것을 발견했다.

무악은 그들을 보고 깜짝 놀라서 눈을 커다랗게 떴다. 그로선 처음 보는 사람들이다.

하지만 그들의 독특한 복장을 보고 서릉묘족이라는 것 정도는 알 수 있었다.

무악의 시선이 그들 무리의 앞에 나란히 서 있는 두 사람에게 향했다.

그들은 일남일녀이며, 남자는 오십대 정도고 여자는 십육칠 세 정도로 무악의 또래로 보였다.

그동안 서릉묘족 사람들을 많이 봐온 무악은 두 사람의 복장이 매우 화려하다는 사실을 알아보았다.

그런 복장이면 서릉묘족에서도 매우 높은 신분일 것 같다.

"진 대인은 어디에 계신가요?"

그때 묘족 소녀가 유난히 새까만 눈동자를 빛내면서 무악을 바라보며 능숙한 한어로 물었다.

"사부님께선 숙소에 계십니다."

묘족 소녀는 깜짝 놀랐다.

"아! 진 대인의 제자 분이신가요?"

"그건……."

무악은 당황해서 금세 얼굴이 붉어졌다. '사부' 라는 말이 입에 배서 자신도 모르게 그렇게 말해 버렸기 때문이다.

사실 그가 마음대로 진검룡을 사부라고 부르는 것이지 그가 정식으로 허락한 적은 없었다.

묘족 소녀는 부러움이 가득한 표정으로 무악을 바라보았다.

그녀는 다름 아닌 서릉묘족의 공주인 미미였다. 그리고 옆에 서 있는 초로의 남자는 그녀의 부친인 서릉묘족의 대족장 고추가 융타우였다.

아주 특별한 일이 아니면 서릉묘족을 떠나지 않는 두 사람이 진검룡을 찾아온 것이다.

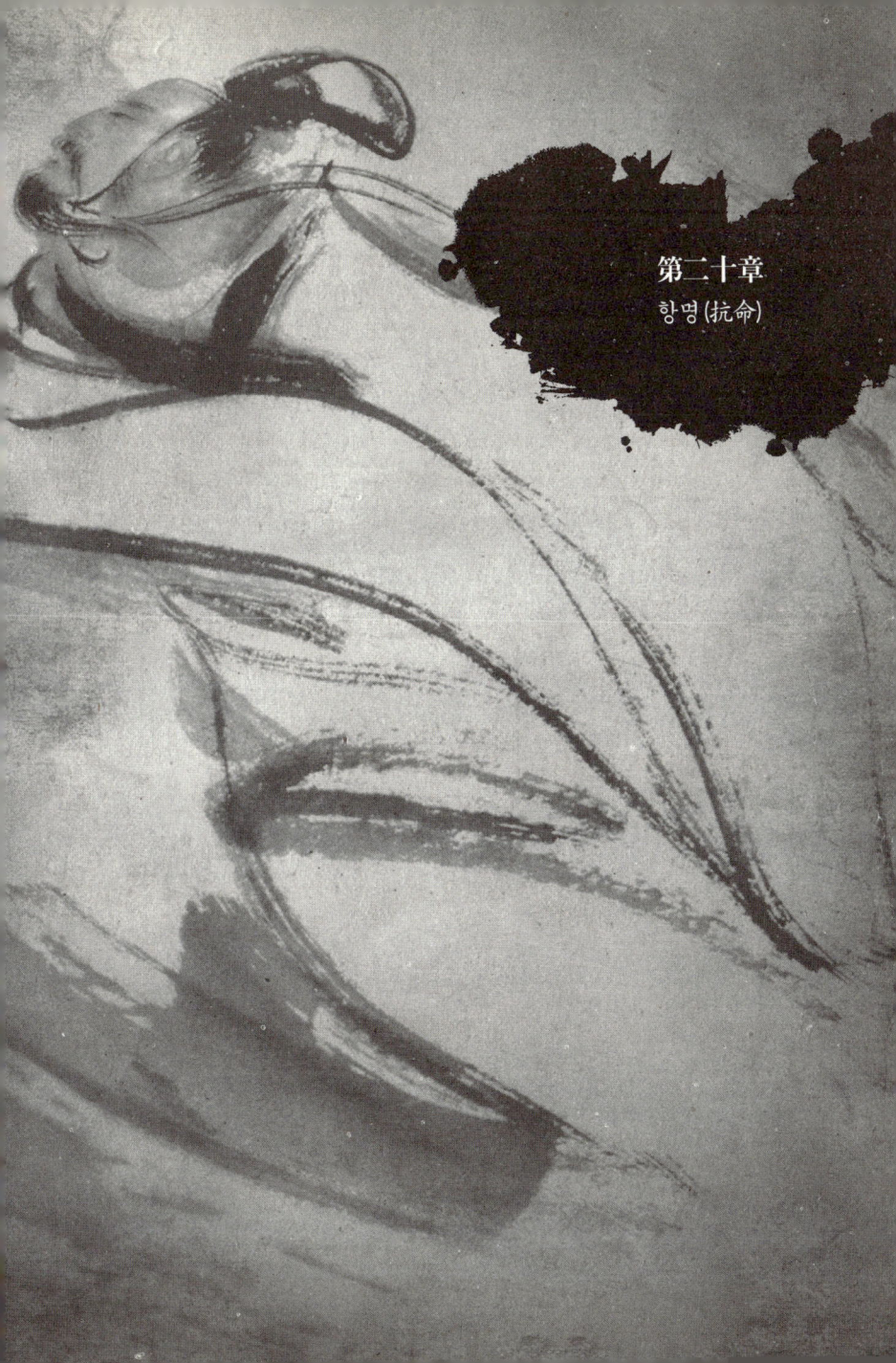

第二十章
항명(抗命)

大中原

"드르렁ㅡ! 푸아아ㅡ! 크카아아ㅡ!"

무악의 안내를 받아 별채로 걸어가던 미미와 융타우는 별
채 안에서 흡사 맹수의 포효 같은 굉장한 소리가 터져 나오는
것을 듣고 움찔 놀라서 멈췄다.

무악은 뒤돌아보면서 겸연쩍은 미소를 지었다.

"놀라지 마십시오. 코 고는 소리입니다."

"아……."

낭랑의 코 고는 소리가 얼마나 큰지 무악과 옥청에게도 천
둥소리처럼 크게 들려서 익히 잘 알고 있었다.

처음에 두 사람은 그것이 진검룡의 코 고는 소리인 줄 알았

었으나 무악이 직접 눈으로 확인해 본 결과 낭랑이었다.

미미와 융타우는 놀라움을 속으로 삼키면서 다시 걸음을 옮겨 별채로 들어섰다.

그러나 두 사람은 별채로 올라서지 못하고 그 자리에서 얼어붙어 버렸다.

그리고 두 사람의 얼굴에는 도저히 믿을 수 없다는 표정이 가득 떠올랐다.

별채 마루에 벌어져 있는 해괴한 광경을 발견했기 때문이다.

낭랑은 평소와 다름없는 모습으로 자고 있었다.

옥청이 갖다 준 이불은 깔지도 덮지도 않고, 이불에서 뚝 떨어진 곳에서 네 활개를 치면서 자는 모습이다.

그녀는 술만 마시면 속에서 뜨거운 열기가 뻗치는 바람에 자면서 자꾸 옷을 벗거나 상의 같은 경우는 위로 둘둘 말아 올리는 버릇이 있었다.

오늘도 인사불성이 되도록 술을 마신 그녀는 바지는 무릎에 걸치고, 상의는 목도리처럼 목까지 말아 올린 채 천장을 향해 누워서 자고 있었다.

그뿐인가. 산발한 머리카락으로 얼굴을 덮었는데, 코를 골면서 숨을 쉴 때마다 머리카락이 입으로 빨려 들어갔다가 토해지기를 반복하는 모습이 귀신을 방불케 해서 보는 사람의 모골이 송연해지게 만들었다.

또한 두 다리를 개구리 뒷다리처럼 오므리고 있는데, 자면서도 손으로 허벅지를 득득 긁어댔다.

그때마다 속곳이 나풀거려서 은밀한 부위가 보일 듯 말 듯 했다. 그런 모습을 보면 과연 그녀가 정말 여자인지 의심스럽지 않을 수 없었다.

그리고 낭랑에게서 뚝 떨어진 이불이 있는 쪽에서는 또 다른 광경이 벌어져 있었다.

주소영은 무릎을 꿇고 얼굴을 바닥에 묻은 채 궁둥이를 높이 쳐든 모습이다.

이불로 머리만 휘감은 상태인데, 낭랑의 코 고는 소리가 너무 시끄러운 나머지 그렇게 하고 있는 것이다.

그런데 하필 주소영이 높이 쳐든 궁둥이가 별채 문 쪽을 향하고 있었다.

"아아… 이거……."

무악은 당황해서 어쩔 줄을 몰라 했다. 자신이 보기에도 민망한 꼴이니 미미나 융타우에겐 어떻겠는가.

그런데 미미는 재미있다는 듯한 표정인 데 반해서 융타우는 시선을 어디에 둘지 몰라서 헛기침만 하고 있었다.

"사, 사부님, 손님 오셨습니다."

마음이 급한 무악은 방문 앞에서 공손한 자세를 취하고 급히 진검룡을 불렀다.

척!

잠시 후에 방갓을 쓰지 않은 진검룡이 문을 열고 밖으로 나왔다.

"아!"

그의 모습을 본 미미가 자신도 모르게 두 손을 가슴에 모으고 기쁜 탄성을 터뜨렸다.

서릉묘족에서는 방갓을 쓰고 있는 모습이었는데, 방갓을 벗은 그의 모습은 미미가 상상하던 것보다 훨씬 멋있었다.

"진 대인!"

융타우는 진검룡을 보자 반갑게 외쳤다.

"무슨 일이오?"

"야심한 시각에 찾아뵈어 미안하오."

진검룡의 물음에 융타우는 진심으로 미안한 표정을 지었다.

하지만 사실 융타우와 미미 일행이 진원현에 도착한 것은 저녁나절이었다.

이들은 진원현에 도착하자마자 진원분타로 향했고, 그곳에서 경혼조장 진검룡을 만나려고 했으나 그는 물론이고 경혼조원들조차 한 명도 보이지 않았다.

그도 그럴 것이 그 시간에 경혼조원들은 무악네 주루에서 술을 마시고 있었기 때문이다.

"부탁이 있어서 찾아왔소."

융타우는 단도직입적으로 정중히 말했다.

그는 미미를 가리키며 진중한 표정으로 말을 이었다.

"이 아이를 경혼조원으로 받아주시오."

"네엣?"

진검룡은 가만히 있는데 오히려 무악이 화들짝 놀랐다.

그때 융타우가 팔꿈치로 미미의 어깨를 툭 치면서 무슨 신호를 보냈다.

가볍게 놀란 미미는 별채 문밖 땅바닥에 무릎을 꿇고 고개를 조아리며 꾀꼬리 같은 목소리로 외쳤다.

"사부님, 저를 제자로 받아주세요!"

"미미야."

융타우가 나직이 부르자 미미는 깜짝 놀라 다시 외쳤다.

"저, 저를 경혼조원으로 받아주세요!"

하지만 미미는 이미 자신의 속마음을 들켜 버렸다. 그녀는 진검룡의 제자가 되고 싶은 것이다.

"푸카카카칵! 카우우—! 푸우우!"

낭랑의 코 고는 소리는 한층 더 거세졌다.

지금 진원현에서 돌고 있는 소문하고는 달리, 서릉묘족에서는 진검룡 덕분에 미미와 묘족 여자들이 남랑곡에서 구출되었다고 믿고 있었다.

처음부터 끝까지 자세히 보고 들은 미미의 둘째 숙부 을지간이 모두에게 설명했기 때문이다.

더구나 진검룡은 융타우가 사례의 표시로 내놓은 은자 오

천 냥도 받지 않고 그냥 가버렸다.

그래서 웅타우나 미미, 을지간, 그리고 서릉묘족 사람들에게 경혼조장 진검룡은 진정한 영웅, 훌륭한 대인으로 깊이 각인되었다.

특히 미미는 그날 이후 진검룡을 잊지 못하고 어떻게든, 그리고 어떤 형태로든 그와 인연을 맺고 싶은 마음이 간절해서 매일 그를 만나게 해달라고 웅타우를 졸라댔었다.

그런데 그 다음날 낮에 서릉묘족은 경천동지할 사실을 알게 되었다.

소수민족들을 오가면서 떠돌이장사를 하는 한인 몇 명이 서릉묘족으로 오는 길에 남랑곡에 들렀는데 골짜기 안에 산적 이백수십 명이 목불인견의 참혹한 모습으로 죽어 있는 광경을 발견했던 것이다.

떠돌이장사꾼들은 물건을 팔기 위해서라면 소수민족이든 산적, 수적이든 찾아가지 않는 곳이 없다.

산적이나 수적이라고 해도 필요한 물건들이 있기 때문에 떠돌이장사꾼들에겐 해를 입히지 않는다.

혼비백산한 떠돌이장사꾼들은 서릉묘족으로 줄행랑을 쳤고, 그 사실을 서릉묘족 사람들에게 알려주었다.

서릉묘족 사람들이 크게 놀란 것은 당연지사. 웅타우는 사실 여부를 확인하기 위해서 부족의 청년 몇 명을 남랑곡으로 보냈다.

얼마 후에 돌아온 청년들은 떠돌이장사꾼들의 말이 사실이라고 말했다.

그런데 청년들은 입을 모아 한 가지 사실을 더 말해주었다.

죽은 남랑곡 산적들 거의 대부분이 미간이나 목에 구멍이 뚫려서 죽었다는 것이다.

아무리 무술에는 문외한인 융타우와 을지간이지만, 그것이 한 사람의 솜씨라는 사실을 즉시 깨달았다.

그리고 그들이 반사적으로 제일 먼저 떠올린 사람이 바로 진검룡이었다.

그 사실을 알게 된 미미는 생각이 바뀌었다. 진검룡과 어떤 형태로든 인연을 맺게 되길 빌었던 마음이, 무슨 일이 있어도 그의 제자가 되고 싶다는 소원으로 바뀐 것이다.

일이 이쯤 되니 융타우도 가만히 있을 수만은 없게 되었다.

만약 진검룡을 직접 만나서 그가 정말로 남랑곡 산적들을 몰살시켰다고 하면 눈에 넣어도 아프지 않을 정도로 귀한 딸 미미를 무슨 수를 써서라도 그의 제자로 들이겠다고 결심한 것이다.

"진 대인, 한 가지 묻고 싶은 것이 있소이다."

융타우는 대륙 남쪽에 살고 있는 삼십만 명에 달하는 묘족 전체의 대족장, 즉 고추가이다.

다시 말하면 융타우는 삼십만 명의 백성을 거느리고 있는 왕국의 왕(王)이라고도 할 수 있었다.

그런 융타우를 진검룡은 별채 문밖에 세워둔 채 말해보라
는 식으로 팔짱을 꼈다.

"남랑곡의 산적 이백수십 명을 모조리 몰살시킨 사람이 진
대인이오?"

진검룡은 가볍게 눈살을 찌푸렸다. 언젠가는 그 사실이 알
려질 것이라고 예상했으나 이렇게 빨리, 그것도 융타우의 입
을 통해서 듣게 될 줄은 몰랐다.

무악은 소스라치게 놀라서 눈을 휘둥그렇게 떴다.

남랑곡의 산적이나 파경채의 수적들은 진원현에서도 유명
한, 아니, 악명이 자자한 무리다.

물론 진원분타가 있기 때문에 놈들이 진원현까지는 약탈
을 하러 오지 못한다.

하지만 진원현 주변 마을 중에서 놈들에게 약탈당하지 않
은 곳이 없을 정도였다.

그들은 대범하고도 교활하게 동에 번쩍, 서에 번쩍 출몰하
기 때문에 오래전부터 진원분타의 골칫거리였다.

그런 남랑곡을 몰살시켰다는 것이다. 그것도 진검룡 혼자
서 말이다.

그러니 무악이 놀라지 않을 재간이 없었다. 그는 과연 진검
룡이 뭐라고 대답할지 궁금해서 잔뜩 긴장하고 그를 쳐다
보았다.

"그것 때문에 곤란한 일이라도 생겼소?"

진검룡은 예의 무미건조한 목소리로 중얼거렸다.

그 말이면 대답으로 충분했다.

'아아… 사부님께서 남랑곡을 몰살시키시다니……. 정말 굉장하시다, 우리 사부님.'

무악의 마음속에서 진검룡은 신(神), 아니, 하늘이 되었다.

"과연……."

융타우는 말을 잇지 못하고 크게 감탄하는 표정으로 고개를 끄덕였다.

그때까지도 미미는 무릎을 꿇고 있었는데, 고개를 한껏 치켜들고 진검룡을 우러러보는 표정과 눈빛이 무악을 많이 닮아 있었다.

융타우는 할 말이 태산처럼 많았으나 꾹 참고 두 손을 맞잡고 깊숙이 고개를 숙였다.

"진 대인, 여식을 경혼조원으로 거두어주시오."

"사부님! 저를 경혼조원으로 거두어주세요."

미미도 이마를 땅에 조아리고 간절한 어조로 말했다. 그런데 호칭은 '사부'라 하면서 경혼조원으로 받아달라고 한다.

사실 이들에게 충고를 해준 사람은 여기까지 안내해 준 와평이었다.

와평은 진원분타에서 이곳까지 오는 동안 융타우와 미미의 얘기를 듣고는, 그렇게 해서는 안 되고 경혼조원으로 받아달라고 부탁하라 넌지시 일러주었다.

무악도 받아준 전례가 있고, 또 진검룡이 '오는 사람 막지 않고, 가는 사람 잡지 않는' 성격이라고 판단했으니 거절하지는 않을 것이라고 생각한 것이다.

그때 무악이 융타우와 미미를 보면서 해맑은 목소리로 자랑 삼아 떠들었다.

"저도 오늘 경혼조원이 됐어요!"

진검룡이 힐끗 자신을 쳐다보자 무악은 찔끔했다.

진검룡은 잠시 미미를 굽어보며 쓴웃음을 지었다.

'되어가는 대로 살자고 했더니 점점 이상한 모양새가 되어가고 있군.'

그는 몸을 돌려 문으로 향했다.

융타우는 움찔 놀랐다.

"진 대인!"

"내일 아침 진시(8시)까지 그 아이를 혼자 진원분타로 보내시오."

진검룡은 그렇게 말하고는 낭랑에게 다가가 그녀가 코를 골지 못하도록 만들었다.

주소영은 밤을 하얗게 꼬박 지새웠다.

진검룡의 조치로 낭랑이 더 이상 코를 골지 않았는데도 잠을 이룰 수가 없었다.

'조장이 남랑곡을 몰살시켰어……'

그 사실을 알고는 충격이 너무 컸기 때문이다.

그리고 그날 밤에 그녀는 한 가지를 결심했다.

지금까지 되는대로 살아온 그녀지만, 그날 밤에 새로운 인생의 목표를 세웠다.

사흘 휴가가 끝난 다음날, 진검룡은 일참 시각인 손시(아침 9시)보다 한 시진 일찍 진원분타에 나갔다.

밤사이에 한 가지 결정을 내렸는데 그것을 실행하기 위해서 일찍 나온 것이다.

그가 예상한 대로 추혼향주 추혼도 양구는 이미 나와서 추혼향처 자신의 집무실에서 차를 마시고 있었다.

조장들하고는 달리 향주와 당주는 '영(領)'이라고 불리는 심복수하를 두고 있다. 측근에서 잔심부름도 하고 문서와 명령을 전달하는 역할을 한다.

향주는 한 명의 향령(香領)을, 당주는 두 명의 좌우당령(左右堂領)을 자신이 직접 선발해서 수족처럼 부리고 있었다.

추혼도 양구의 향령은 이십이 세 나이에 갸름한 얼굴과 희고 뽀얀 살결을 지닌 청년으로 이름이 하담(河覃)이다.

양구는 하담이 끓여준 차를 두 손으로 잡고 홀짝홀짝 마시다가 집무실로 들어서는 진검룡을 반갑게 맞이했다.

"오! 어서 오게, 진 조장."

양구 옆에 앉아 있던 향령 하담이 얼른 일어나 자신의 의자를 진검룡에게 내밀었다.

진검룡이 의자에 앉자 하담이 차를 가져오기도 전에 양구가 먼저 입을 열었다.

"진 조장. 그래, 경혼조 부조장은 누구로 정했나?"

부조장을 둬야 한다는 사실을 지금 알게 된 진검룡이 부조장을 정했을 리가 없다.

"그보다 할 말이 있소."

불쑥 말을 하고 난 진검룡은 차를 가져와서 미소를 짓고 있는 하담에게 나가라고 손짓했다.

그러자 하담은 불쾌한 기색을 노골적으로 드러내며 문을 세게 닫고 밖으로 나갔다.

이어서 진검룡은 자신이 한매궁에서 목격한 것. 즉, 그곳 인공 가산의 뇌옥에 감금되어 있던 소수민족의 어리고 젊은 여자들에 대해서 간략하게 설명해 주었다.

"그게 정말인가? 앗! 뜨… 뜨……."

양구는 너무 놀라서 의자를 박차고 일어서는 바람에 쥐고 있던 뜨거운 차를 바지에 쏟고 말았다.

하지만 그는 너무도 엄청난 말을 들은 터라 뜨거움을 느끼지 못했다.

"그… 걸 어떻게 알았나?"

"직접 봤소."

진검룡은 거짓말을 할 줄 모른다. 어쩔 수 없이 거짓말을 해야만 할 상황이라고 해도 차라리 입을 다물고 아무 말도 하지 않는다.

하지만 지금은 침묵할 때가 아니다. 말을 하지 않으면 양구가 믿지 않을 것이기 때문이다.

한매궁의 소수민족 여자들에 대해서 아예 처음부터 함구하고 있는 방법도 있었다.

그러나 그렇게 하는 것은 진검룡의 가슴속에 아직도 남아 있는 얄팍한 정의감이 용서하지 않았다.

그 사실을 몰랐으면 모르되 알고서도 가만히 있는 것은 죽는 것보다 힘들었다.

뼛속까지 정의감으로 물든 사람이 하루아침에 전혀 다른 사람으로 변하는 것은 결코 쉽지 않은 일이다.

그래서 방법을 강구해 봤다. 한매궁에 감금되어 있는 소수민족 여자들을 구하면서도 진검룡 자신은 직접 손을 쓰지 않아도 되는 방법.

그것이 바로 진원분타에 알려서 그들로 하여금 그 일을 해결하도록 하는 것이다.

그러려면 그 사실을 직속상전인 양구에게 알려야만 한다. 알리지 않고 그녀들을 구출할 수는 없는 일이었다.

양구는 진검룡이 한매궁 인공 가산 뇌옥 안에 소수민족 여자들이 갇혀 있는 것을 직접 눈으로 봤다는 말에 더욱 놀라워했다.

한매궁은 규모 면에서 진원분타보다 훨씬 크다. 그리고 수많은 무사들이 우글거리고 있다.

그런 곳에 진검룡이 들어갔다니 놀라지 않을 수가 없다. 양구에게는 그 사실이 한매궁에 소수민족 여자들이 감금되어 있다는 사실만큼이나 놀라운 일이었다.

"한… 매궁에는 무슨 일로 갔었나?"

진검룡은 조금 답답함을 느꼈다. 소수민족 여자들이 우선인데도 양구가 자꾸만 다른 것을 꼬치꼬치 캐묻고 있기 때문이다.

양구는 사람만 좋을 뿐이지 일을 원활하게 처리하는 능력은 없는 듯했다.

하지만 양구로선 진검룡이 무엇 때문에 한매궁에 들어갔는지 알아야 할 의무가 있었고, 당연히 궁금할 터이다.

"한매선이 내게 사람을 보냈었소."

그래서 진검룡은 한매선이 궁의라는 측근을 보내서 자신을 영입하려고 했던 일과, 그것이 여의치 않자 옥청을 납치했던 일 등을 간략하게 설명했다.

"음, 그랬었군. 그래도 한매궁에 잠입하다니 대단하네그려, 대단해. 음."

그래도 양구는 계속 한매궁에 잠입했다는 것만 갖고 놀라워했다.

"당주에게 보고해야 하지 않겠소?"

"헛! 그, 그렇지! 자네, 나하고 당주께 가세!"

진검룡이 주위를 환기시켜 주어서야 양구는 깜짝 놀라서 벌떡 일어섰다.

창룡당주 대력철간 전술(全戌)은 딱 잘라서 말했다.

"그 일은 덮어두게."

"하지만 당주……."

"덮어두래도."

놀란 양구가 무슨 말을 하려고 하자 전술은 버럭 고함을 질렀다. 더구나 얼굴은 돌덩이처럼 딱딱하게 굳었다.

범강장달이처럼 험상궂고 힘이 장사인 전술은 성격도 외모처럼 강단이 있었다.

평상시에는 부처님 가운데토막처럼 한없이 좋다가도 한 번 심기가 편치 않으면 위고 아래고 불같이 해댄다.

그런 흑백이 분명한 성격 때문에 그는 지금껏 많은 불이익을 당했으면서도 여간해서는 고쳐지지 않는다.

전술은 당궤 너머에 나란히 서 있는 양구와 진검룡을 쓸어보면서 협박이라도 하듯 다시 한 번 못을 박았다.

"지금 이 순간부터 자네 두 사람은 한매궁의 일은 깡그리 잊어버리도록! 알았나?"

"알… 았습니다."

그러나 양구만 대답을 했다.

전술이 사나운 표정으로 진검룡을 쏘아보았다.

그러나 진검룡은 그를 외면하고 문으로 걸어갔다.

양구는 그런 진검룡의 뒷모습을 보면서 조마조마한 표정을 지었다.

전술의 성미를 잘 알기에 진검룡이 좀 굽혀줬으면 하는 마음이 간절했다.

"진 조장!"

드디어 전술이 진검룡을 불렀다. 양구가 익히 잘 알고 있는 폭발하기 직전의 그 표정과 목소리다.

진검룡은 멈춰서 고개만 돌려 깊이 눌러쓴 방갓 아래로 전술을 쳐다보았다.

전술은 눈딱부리 같은 눈으로 진검룡을 잠시 쏘아보다가 감정을 억누르려는 듯한 표정을 지으며 가라앉은 목소리로 조용히 말했다.

"한매선에게 찾아가서 사과하게."

그는 조금 전에 진검룡과 양구가 찾아와서 말하기 전에 진검룡과 한매선의 일을 어느 정도 알고 있는 것이 분명했다.

물론 진검룡이 한매선의 목을 졸랐고, 그녀가 오줌을 쌌다는 사실까지는 모를 터이다. 단지 어떤 압력 같은 것을 받고 있는 듯했다.

"무엇을 말이오?"

"무조건 사과하게."

"못하겠소."

"뭐어?"

전술은 상명하복(上命下服). 즉, 윗사람이 명령하면 수하는 무조건 복종해야 하는 것을 철두철미하게 신봉하고 있는 사람이다.

하지만 진검룡은 다르다. 상전이 잘못된 명령을 하면 거부할 수도 있다는 것이 그의 지론이었다.

그가 낙양총부 청룡검대주 시절에는 수하들에게 그렇게 가르쳤다.

벌떡!

"항명(抗命)이냐?"

전술이 손바닥으로 탁자를 세차게 치면서 튕기듯 일어서며 소리쳤다.

"여보게, 진 조장."

"양 항주는 저리 비키게!"

양구가 진검룡을 달래려는데 전술이 버럭 소리쳤다.

양구는 찍소리도 못하고 착잡한 표정으로 조용히 한쪽으로 물러났다.

전술은 두 손을 허리에 얹고 진검룡을 똑바로 쏘아보며 으르렁거렸다.

"말해봐! 항명이냐?"

"그렇소."

"이 자식……!"

전술은 분노한 얼굴로 몸을 부르르 떨다가 손가락으로 진검령을 가리켰다.

"너, 모가지다! 꺼져라!"

향주와 당주는 조장의 목을 자를 수 있다.

진검룡은 쓰다 달다 한마디 없이 다시 문으로 걸어갔다.

양구는 전술의 기세가 너무 거세서 감히 나서지 못하고 안타깝게 진검룡의 뒷모습만 쳐다보았다.

그가 지금이라도 전술에게 잘못했다고 빌기를 바라는 마음만 간절했다.

전술은 진검룡이 문까지 걸어가는 짧은 시간 동안 수많은 생각이 교차했다.

그런데 기분이 영 개운치 않았다. 아니, 더러웠다. 왜 그런지 그는 알고 있었다.

그는 수하에게 부당한 요구를 했고, 그것을 거부한 수하를 처벌했기 때문이다.

옛말에도 도둑맞은 사람은 다리를 뻗고 잠을 자도, 도둑질한 사람은 편하게 자지 못한다고 했다. 지금 전술이 딱 그런 기분이었다.

"멈춰!"

진검룡이 막 문에 손을 대려는데 전술이 빽 소리를 질렀다.

"어째서 항명하는 것이냐?"

최소한 그 이유만이라도 들어야지 속이 조금이라도 풀릴 것 같았다.

진검룡은 묵묵히 서 있기만 했다.

"대답하지 못하면 넌 이 자리에서 내 손에 죽는다!"

처벌로도 모자라서 아예 손까지 대려는 전술이다. 이왕 흙탕물에 발 하나를 담갔는데 두 발인들 담그지 못하겠는가 하는 심정이다.

"꼭 말해야 하오?"

"물론이다!"

진검룡의 말에 전술은 더욱 언성을 높였다.

이윽고 진검룡이 천천히 돌아서서 방갓 아래로 전술을 똑바로 주시하며 우뚝 섰다.

'뭐야, 저놈!'

전술은 진검룡에게서 거대한 기도가 해일처럼 뿜어지는 것을 느끼고 몸이 오그라드는 기분이 들었다.

그는 일찍이 이 정도의 어마어마한 기도를 누구에게서도 느낀 적이 없었고, 누군가의 면전에서 이런 식으로 초라한 기분이 들어본 적도 없었다.

그리고 진검룡의 나직하면서도 묵직한 말이 흘러나왔다.

"천의맹은 정의를 수호하오."

"그게 뭐 어쨌다는 것이냐?"

"한매선이 소수민족 여자들을 납치, 감금한 것이 정의로운 일이오?"

"……."

전술은 대답할 말을 찾지 못했다.

"진원분타는 그런 악을 발본색원해야 마땅하오."

천의맹 낙양총부의 몸통은 튼튼한데 수백 개의 가지 중 하나가 썩었다. 진검룡은 지금 그것을 질타하는 것이다.

"나는 천의맹 곤명지부 진원분타 경혼조장이오."

그 말을 끝으로 진검룡은 입을 다물었다.

즉, 나는 정의를 수호해야 할 신분인데, 어째서 악을 저지른 여자에게 머리를 조아리고 사과를 하란 말인가? 를 묻고 있는 것이다.

척!

진검룡이 문을 열자 전술은 정신이 번쩍 들었다.

"자네의 면직을 취소하겠다!"

탁!

그러나 진검룡은 그 말을 들었는지 못 들었는지 그대로 밖으로 나가 문을 닫아버렸다.

"휴우……."

그러자 전술은 자신도 모르게 긴 한숨을 토해냈다.

뭔지는 몰라도 진검룡을 자르면 안 되겠다는 생각이 순간적으로 강하게 들었던 것이다.

방금 진검룡의 말은, 아주 오래전에 전술이 추구하던 정의심을 슬쩍 일깨워 주었다.

단지 그것뿐이다. 그를 예전처럼 다시 정의로운 협사로 만들어주지는 못했다.

한매선은 곤명지부주하고 절친한 사이다. 곤명지부 휘하에는 총 여덟 개의 분타가 있다.

그러므로 한매선이 진원분타쯤 우습게 여기는 것은 당연한 일이었다.

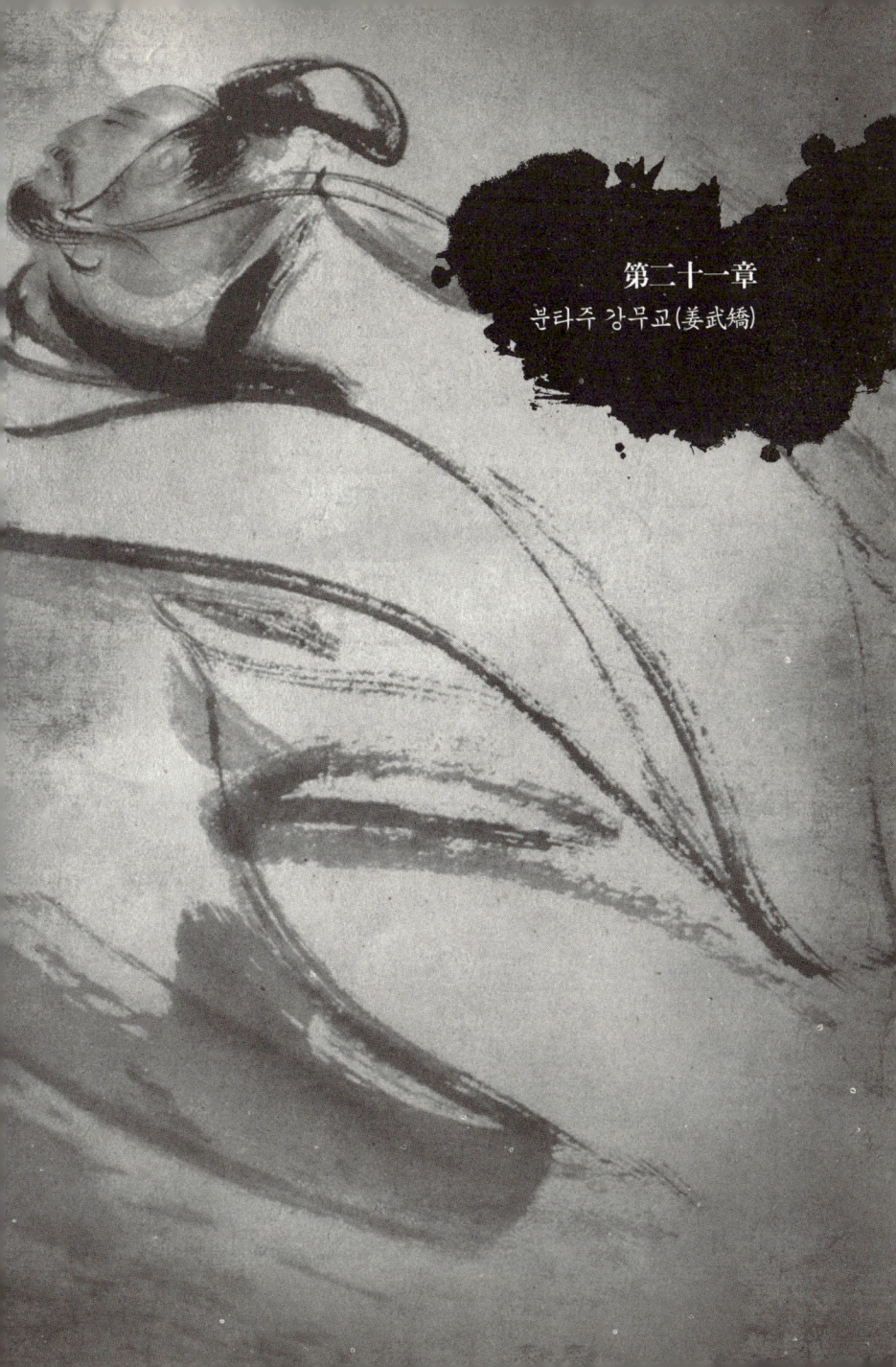

第二十一章
붕타주 강무교(姜武橋)

大中原

추혼향처를 돌아오면서 진검룡은 생각에 잠겼다.

그리고 추혼향처 내 경혼조 편좌방 문을 열기 직전에 한 가지 결정을 내렸다.

한매궁 일을 경혼조의 두 번째 임무로 결정한 것이다.

진검룡이 편좌방 문을 열자 편한 자세로 휴식을 취하고 있던 경혼조원 아홉 명이 벌떡 일어나더니 일사불란하게 일렬로 늘어섰다.

기존의 여섯 명은 지난밤에 조장에 대한 충성 맹세를 했기 때문이고, 세 명은 새로 경혼조원이 됐기 때문에 기합이 바짝

든 것이다.

끄트머리에 선 도록과 무악, 미미는 부동자세로 서서 눈알을 반짝반짝거렸다.

도록은 자신을 경혼조원으로 받아준 진검룡에게 진심으로 고마워하고 있었다.

그렇다고 뼛속까지 사악함과 교활함으로 물든 그가 단번에 착한 사람이 됐다는 뜻은 아니다.

진검룡은 아홉 명의 조원 중간쯤에 그들을 향해 우뚝 섰다.

그때 낭랑이 묵묵히 진검룡 앞으로 걸어와서 멈췄다.

그녀는 일그러진 표정인데 붉어진 얼굴에 콧구멍을 벌름거리고 있었다.

어젯밤에 코를 골다가 진검룡에게 아혈과 입을 벌리지 못하게 하는 혈도가 제압되었는데, 그것 때문에 아침 식사도 하지 못한 것이다.

두 번씩이나 같은 변(?)을 당한 그녀는 자신이 무슨 해괴한 병에 걸린 것이 아닌가 하여 은근히 걱정이 생겼다.

진검룡은 손을 뻗어 낭랑의 턱을 슬쩍 쓰다듬었다. 그것으로 그녀의 혈도는 즉시 풀어졌다.

"푸아—! 답답해서 죽는 줄 알았네!"

낭랑은 진검룡 얼굴에 거친 숨을 토해냈다. 순간 침과 함께 지독한 술 냄새가 풍겼다.

"헤헤… 미안, 조장."

슥슥.

낭랑은 품속에서 헝겊 하나를 꺼내서 진검룡의 얼굴을 문질러 주었다.

그런데 그 헝겊이 그녀의 더러운 속곳이라는 사실을 알아본 사람은 도록 한 명뿐이었다.

진검룡은 조원들을 한차례 쓸어본 후 입을 열었다.

"임무다."

'임무'라는 말에 조원들은 바짝 긴장하면서도 생기 넘치는 표정을 지었다.

특히 신입 조원인 무악과 미미, 도록은 숨소리까지 달라졌으며, 남랑곡 일로 조원들에게 멸시를 당하고 있는 조제는 드디어·만회의 기회가 왔다는 듯 각오를 다지면서 얼굴이 붉게 충혈되었다.

진검룡은 거두절미 본론만 간단하게 말했다.

"한매궁에 소수민족 젊은 여자 이백여 명이 감금되어 있다. 그녀들을 구하는 것이 이번 임무다."

아홉 조원들의 반응은 제각각이다. 한매궁에 대해서 잘 알고 있는 주소영과 와평, 동풍, 장관웅은 경악하면서도 질린 듯한 표정이다.

그러나 한매궁을 모르는 낭랑, 조제, 도록은 또다시 소수민족 구출 작전이라는 임무 때문에 흥분을 감추지 못했다. 그러

면서도 여자들의 수가 이백여 명에 달한다는 사실에 적잖이
놀라워했다.

그리고 오늘 경혼조원으로서의 첫날인 미미는 자신의 귀
를 의심할 정도로 놀란 표정이다.

"사부님, 거기에 묘족 여자들도 있나요?"

그녀는 진검룡에게 조심스레 물었다. 조원이면서도 진검
룡을 '사부'라고 부르는 것은 무악과 같았다.

진검룡이 고개를 가로젓자 미미는 안도의 표정을 지었
다.

"와평, 할 말 있나?"

진검룡의 물음은 와평이 한매궁에 대해서 아는 것이 있으
면 말하라는 뜻이었다.

와평은 나직한 어조로 입을 열었다.

"한매궁은 진원현 내의 다섯 개 세력 중의 하나입니다."

모두 그의 말에 귀를 기울였다. 한매궁에 대해서 알고 있는
사람들이라고 해도 와평만큼은 모른다.

"세력이나 영향력 면에서 치자면 한매궁은 그중 세 번째쯤
될 것입니다. 숭무관(崇武館)이 첫째고, 두 번째가 진원분타,
세 번째가 한매궁, 네 번째는 진원현청(鎭沅縣廳), 마지막이
건곤방(乾坤幫)입니다."

"한매궁에 대해서만 말해라."

진검룡의 요구에 와평은 그에게 허리를 한차례 굽혀 보인

후에 말을 이었다.

"한마디로 한매궁은 진원현의 전체 재력(財力) 중에서 칠할 이상을 지니고 있습니다. 게다가 이백여 명의 쟁쟁한 무사들을 거느리고 있으므로 재력과 힘, 둘 다 겸비하고 있는 셈입니다."

진원현 이천오백여 호의 집과 이만여 인구가 지닌 재력이면 굉장할 것이다.

그런데 한매궁이 그중에서 무려 칠 할이나 차지하고 있다니, 이런 불균형은 중원의 어느 지역에도 없을 터이다.

"한매궁은 진원현 내에서 손대지 않은 업종이 없습니다. 굵직한 것들은 물론이고, 주루나 객잔, 기루, 표국, 자잘한 점포에 이르기까지, 거리에 나가 보면 한 집 건너 모두 한매궁 소유입니다."

진검룡은 문득 한매선의 모습이 떠올랐다. 얇은 나의를 입고 침상에 비스듬히 누워 있는 고혹한 자태와 악에 받쳐서 소리치던 모습, 그리고 그에게 목이 잡혀서 오줌을 질질 싸던 모습 등이다.

"한매궁이 겉으로 드러내지 못하는 불법으로 돈을 벌고 있다는 소문이 있지만, 단지 소문일 뿐 밝혀진 바는 없습니다. 그럴 수밖에 없는 것이……."

와평은 잠시 뜸을 들였다가 말을 이었다.

"밝힐 만한 사람이 없는 것입니다."

"어째서 그렇죠?"

"큼!"

무악이 궁금하다는 듯 묻자 와평은 주먹을 입에 대고 기침을 하고 나서 곤란하다는 표정을 지었다.

"그게 말이다……."

"말해라."

"넵!"

진검룡이 명령하자 와평은 허리를 곧게 폈다.

"불법을 적발하고 벌을 내려야 할 진원현청이 썩었기 때문입니다."

"어떻게 썩었죠?"

무악은 쉽게 와평을 놓아주지 않았다. 일부러 그러는 것이 아니라 정말 궁금하기 때문이다.

궁금한 사람은 무악뿐만이 아니다. 주소영과 동풍, 장관웅은 진원분타에서 오래 생활했으나 한매궁에 대한 자세한 내용은 잘 모르고 있었다.

"에… 또… 그러니까, 한매궁이 진원현청의 최고 우두머리인 현감(縣監)과 백호(百戶), 포교(捕校) 등에게 다달이 짭짤한 돈을 건네주기 때문에 아무리 불법을 저질러도 모른 체 눈감아주는 것이지."

모두들 어이없다는 표정을 지었다. 주소영과 동풍, 장관웅마저도 진원현청이 그렇게까지 썩었을 줄은 몰랐던 모양이다.

"그럼 한매궁이 진원분타에도 돈을 주나요?"

이번에는 미미가 긴장된 표정으로 물었다.

"아니, 그렇지는 않고……."

와평은 고개를 가로저었다.

"한매선은 곤명지부와 밀접한 관계를 갖고 있지. 그래서 진원분타로선 그녀에게 손을 대지 못하는 거야."

"한매선이 곤명지부에도 돈을 주고 있는 걸까요?"

와평은 잠시 말할까 말까 망설이는 듯하더니 이윽고 결정한 듯 입을 열었다.

"한매선의 이름은 고선(高仙)이다. 그렇다면 뭔가 생각나는 것이 없느냐?"

무악은 대답을 못하고 어물거리는데 갑자기 동풍이 나직한 탄성을 터뜨렸다.

"아! 혹시 곤명지부주의 이름이 고후(高侯)인 것하고 관계가 있습니까?"

와평은 고개를 크게 끄덕였다.

"그렇네."

"그렇다면 한매선 고선은 곤명지부주 고후의 딸이겠군요."

"아닐세."

와평은 고개를 가로저었다.

"고선은 고후의 막내 여동생일세. 고후는 이제 고작 삼십 팔 세이니 고선 같은 딸이 있을 수 없지."

"아……."

그 말에 동풍만이 아니라 진검룡을 제외한 모두들 놀라움을 금하지 못했다.

한매선과 천의맹 곤명지부주가 남매간일 줄은 누구도 예상하지 못한 일이다.

그러므로 곤명지부 휘하에 있는 진원분타가 한매궁에 손을 대지 못하는 것은 너무도 당연한 일이었다.

무악은 자신이 알지 못했던 진원현의 속사정에 대해서 알게 되는 것이 매우 흥미로운 표정이다. 마치 바싹 마른 모래가 물을 흡수하는 듯했다.

"그럼 숭무관은 어떤가요? 진원현 최고 세력이면서도 왜 한매궁을 건드리지 않나요?"

와평은 간단하게 설명했다.

"한매궁 무사들 절반 이상이 숭무관 출신이란다."

"아……."

숭무관은 진원현 내에서 가장 큰 무도관이다. 그곳에 소속된 제자만 오백여 명에 달한다.

말하자면 진원현 사람 사십 명 중에 한 명 꼴로 숭무관에 속해 있으며, 그곳을 수료한 사람까지 친다면 그 수는 가히 엄청날 것이다.

그때 문이 열리더니 향령 하담이 편좌방 안으로 고개만 디밀고 무례하게 진검룡에게 말했다.

"진 조장, 향주께서 부른다네."

평소에는 꼬박꼬박 존대를 하던 놈인데, 아까 진검룡이 양구와 긴히 할 얘기가 있어서 나가라고 했더니 그게 비위가 뒤틀렸던 모양이다.

진검룡은 신입 인사를 시키기 위해서 무악과 미미, 도록을 데리고 양구의 집무실로 향했다.

"하 향령, 잠깐만 뵐 수 있겠습니까?"

그때 편좌방 문이 열리고 동풍이 나오더니 진검룡 뒤를 쫄레쫄레 따라가고 있는 하담을 불렀다.

하담은 평소에 자신을 정중하게 대하는 동풍을 매우 좋아하는 편이라서 얼른 달려왔다.

"무슨 일인데 그래?"

그는 아무런 의심도 하지 않은 채 경혼조 편좌방 안으로 들어갔다.

탁!

문이 닫히자 동풍이 등으로 문을 가로막고 섰으며, 경혼조원들이 하담 주위로 스멀스멀 모여들었다.

하담은 경혼조원들의 표정이 살벌한 것을 보고 심상치 않음을 느꼈다.

"왜… 들 이래?"

장관웅이 눈을 부라리면서 내뱉었다.

"이눔시키! 엇다 대고 함부로 반말이야, 반말이? 경혼조장이 네놈 친구냐?"

낭랑이 손가락 마디를 꺾으며 살벌한 표정을 지었다.

"개눔으시키! 하늘 같은 조장을 능멸해? 오늘 너 한번 죽어볼래?"

하담은 잔뜩 겁먹고 다리를 후들후들 떨었다.

"여, 여보게들……."

퍽!

"끄악!"

사시나무처럼 떨고 있는 하담의 사타구니를 정통으로 내지른 것은 조제의 발이다.

그는 동료들의 불신을 없애기 위해서라면 하담을 죽이라고 해도 기꺼이 그럴 기세였다.

"끄으으……."

사타구니를 쓸어안고 주저앉는 하담의 온몸에 경혼조원들의 뭇매가 소나기처럼 쏟아졌다.

퍼퍼퍼퍽!

양구는 진검룡이 무악과 미미, 도록을 소개하는 것을 듣는 둥 마는 둥 했다. 그의 정신은 온통 다른 곳에 가 있었기 때문이다.

"잘 생각해 보게. 자네 뭐 잘못한 일 있나?"

"없소."

양구가 초조한 표정으로 묻자 진검룡은 생각할 것도 없다는 듯 딱 잘라서 대답했다.

양구는 자리에 앉지도 못하고 선 채 오락가락하다가 이윽고 걸음을 뚝 멈추고 진검룡을 쳐다보았다.

그의 표정은 마치 전장에 나가는 사람처럼 단단하게 굳어 있었다.

"가세. 분타주께서 자넬 찾으시네."

진원분타의 최고 우두머리인 분타주가 진검룡을 불렀다는 것이다.

진원분타 한복판에 위치해 있는 가장 큰 전각이 오룡전(五龍殿)이고 그곳이 분타주의 집무실이다.

오룡전 입구 양쪽에는 분타주의 호위대인 비룡당 휘하 무사, 즉 비룡무사라고 부르는 두 명이 양쪽에서 부동자세로 지키고 있다.

그들 옆에서 또 한 명의 비룡무사가 진검룡과 양구를 기다리고 있다가 두 사람을 안으로 안내했다.

양구는 진원분타에 몸을 담은 지 오 년이 넘었으나 이 년 전에 추혼향주로 승급될 때 말고는 오룡전에 직접 들어와 보는 것이 처음이다.

그는 너무 긴장한 나머지 온몸에 힘이 잔뜩 들어갔으며 입 안이 바짝 마르다 못해서 소태처럼 썼다.

도대체 분타주가 갑자기 자신과 경혼조장을 직접 호출하다니 무슨 일인지 영문을 모를 일이었다.

단지 진검룡이 한매궁에 잠입했던 일 때문이 아닌가 하고 막연히 짐작할 뿐이다.

그가 힐끗 쳐다보니 진검룡은 방갓을 깊이 눌러쓴 채 평소와 조금도 다름이 없는 모습이다.

문득 양구는 진검룡이 어떻게 이런 상황에서도 당당할 수 있는지 궁금하고 또 부럽다는 생각이 들었다.

오룡전 이층에 있는 분타주의 집무실에 들어선 양구는 움찔 놀랐다.

그곳에 창룡당주 전술과 탈혼조장 호태곤이 먼저 와 있는 것을 발견했기 때문이다.

양구가 보니까 전술도, 호태곤도 긴장한 기색이 역력했다. 물론 호태곤이 더 긴장한 모습이다.

그는 온몸에 힘을 준 채 부동자세로 서 있는데, 너무 힘을 줘서 가늘게 떨고 있었다.

진검룡과 양구가 들어서자 전술만 힐끗 곁눈으로 쳐다볼 뿐이고, 앞만 주시하고 있는 호태곤은 누가 들어왔는지도 모르는 듯했다.

진검룡과 양구는 전술과 호태곤이 서 있는 옆으로 가서 진 검룡이 호태곤 옆에, 양구가 전술 옆에 나란히 섰다.

네 사람이 서 있는 앞쪽에는 묵직해 보이는 검은색의 커다 란 당궤가 놓여 있었다.

그리고 그 너머에서는 한 명의 삼십대 초반의 청년이 앉아 서 어떤 문서를 읽고 있었다.

진검룡은 그가 진원분타주라고 짐작했다. 그런데 생각했 던 것보다 많이 젊었다.

이마에는 물빛 영웅건을 질끈 묶었으며, 어깨에는 한 자루 청강검을 멨다.

또한 남의단삼 위에 소매가 없는 붉은색 동의(胴衣)를 마치 갑옷인 양 걸쳤다.

문서를 읽고 있는 손은 크고 투박한데다 두텁게 굳은살이 박였다.

그런 손은 권모술수나 타협을 모르는 강직한 투사(鬪士)의 것이다. 원래 손은 거짓말을 하지 않는 법이다.

또한 분타주가 입고 있는 옷은 여기저기 찢어지고 베어졌 는데 갈아입지도 않았다. 아마도 싸움터에서 곧장 진원분타 로 돌아온 모양이다.

사실 그는 어젯밤 늦게 호위대인 비룡당의 비룡무사 몇 명 과 부상당한 무사들을 이끌고 진원분타로 돌아왔었다.

탁!

이윽고 분타주가 문서를 덮었다. 그가 방금 읽은 문서에는 호태곤과 진검룡에 대한 신상이 기록되어 있었다.

분타주 검룡세(劍龍勢) 강무교(姜武矯)는 당궤 너머에 나란히 서 있는 네 사람을 오른쪽의 전술부터 한 명씩 찬찬히 쓸어보았다.

이윽고 그의 시선이 맨 끝에 서 있는 진검룡에게 멈추었다.

그때 전술이 진검룡을 보면서 꾸짖듯 나직이 속삭였다.

"방갓을 벗어라."

진검룡은 서두르지 않고 천천히 방갓을 벗어 손에 쥐었다.

그러자 분타주 강무교의 얼굴에 가볍게 뜻밖이라는 표정이 떠올랐다.

진검룡의 외모가 누구와 비교할 수 없을 정도로 강인했기 때문이다.

과거 진검룡이 청룡검대주 시절이었다면, 진원분타주 정도는 그의 앞에 설 자격도 없다.

강무교는 지나치다 싶을 정도로 오랫동안 자세히 진검룡을 주시했다. 아니, 관찰하는 듯했다.

이윽고 그는 진검룡에게서 시선을 거두고 호태곤을 보면서 나직한 목소리로 말문을 열었다.

"탈혼조장."

"네… 넷!"

호태곤은 극도로 긴장해서 급히 대답했다.

"남랑곡에서 서릉묘족의 여자들을 구출한 것이 자넨가?"

"아, 아닙니다!"

그는 탈혼조원들을 시켜서 남랑곡에서 묘족 여자들을 구출한 것이 탈혼조며 자신이 진두지휘했다고 진원현에 소문을 내라고 지시했었다.

말하자면 침묵을 지키고 있는 진검룡의 공이 아까워서 자신의 것으로 만들려던 것이지 크게 나쁜 뜻은 없었다.

그는 사실 진검룡을 경계하면서도 두려워하고 있었다.

하지만 분타주의 물음에는 사실대로 말할 수밖에 없었다.

호태곤은 전면만 주시하면서 정중히 말을 이었다.

"경혼조장이 지휘했습니다!"

전술과 양구는 힐끗 호태곤을 쳐다보았다. 두 사람은 남랑곡 사건을 호태곤이 지휘한 것으로 알고 있었다.

그가 그렇게 보고했기 때문이고, 진검룡은 아무 말도 하지 않았기 때문이다.

그래서 상금으로 탈혼조에게는 은자 백 냥을, 경혼조에게는 삼십 냥을 주었던 것이다.

"그래?"

강무교가 중얼거리자 호태곤은 죄를 고백하는 사람처럼 줄줄 털어놓았다.

"사실 속하는 남랑곡에 가지 않으려고 했습니다만… 경혼조장이 억지로 끌고 갔습니다."

전술과 양구의 얼굴이 일그러졌다.

'개자식!'

강무교는 진검룡을 쳐다보았다.

"남랑곡 산적들을 몰살시킨 것은 자네지?"

그 말에 전술과 양구, 호태곤 모두가 소스라치게 놀랐다.

진원현에 그런 소문이 돌고 있다는 것은 알고 있었지만, 그것은 사실인지조차도 확인되지 않은 일이다.

그런데 강무교는 진검룡을 지목하면서 그가 남랑곡 산적들을 몰살시켰느냐고 묻고 있다. 그의 말은 마치 다 알고 묻는 것 같았다.

강무교와 전술, 양구, 호태곤의 시선이 진검룡 한 사람에게 집중되었다.

그들은 너무 놀라서 지금이 어떤 상황인지도 잠시 잊고 있는 듯했다.

"그렇소."

이윽고 진검룡이 마지못해서 짧게 대답했다. 대답하기 싫어하는 기색이 역력했다. 그런데 분타주에게 하는 말투가 불손하기 짝이 없다.

그러나 강무교와 세 사람은 그런 것에는 추호도 신경 쓸 겨를이 없었다.

남랑곡 산적들을 몰살시킨 것이 진검룡 자신이라고 대답했기 때문이다.

강무교를 제외한 세 사람은 대경실색한 표정으로 진검룡을 쳐다보았다.

강무교는 세 사람과는 다른 시선, 즉 감탄하는 표정으로 진검룡을 바라보고 있었다.

진검룡은 일이 이렇게 될 줄은 몰랐었다. 하지만 거짓말하고 싶지는 않다.

남랑곡 산적들은 그야말로 오합지졸이다. 그러므로 어느 정도 실력이 있으면 그들을 몰살시키는 일은 그다지 어렵지 않을 것이다라고 그는 생각했다.

하지만 그것은 순전히 절정고수 수준인 그 혼자만의 생각일 뿐이지 강무교와 세 사람의 생각은 다르다.

강무교는 어젯밤 늦게 진원분타에 도착하여 부상당한 수하들을 분타 내 의방(醫房)으로 인솔한 후 자신의 집무실로 와서 밀린 보고를 받았다.

그것들 중에서 그의 시선을 사로잡은 것이 있었다. 바로 남랑곡 산적들의 몰살에 대한 보고였다.

그리고 탈혼조와 경혼조가 남랑곡에서 서릉묘족 여자들을 구출했다는 보고도 받았다.

강무교는 두 사건이 긴밀한 연관이 있을 것이라고 추측했고, 나름대로 추리를 했으며, 방금 그것을 확인한 것이다.

하지만 강무교는 남랑곡 산적들을 죽인 수법에 대해서는 알지 못했다.

만약 이백여 명의 산적들이 하나같이 미간과 목에 구멍이 뚫려서 죽은 사실을 알았다면 진검룡이 최소한 일류고수 수준이라고 생각했을 것이다. 아니면 그의 신분에 대해서 일말의 의심이라도 했을 터이다.

강무교는 감탄 어린 표정으로 진검룡을 쳐다보았다.

"음! 자네와 경혼조는 실로 대단한 일을 해냈군."

다행스럽게도 강무교는 그 일을 진검룡과 경혼조원들이 함께한 것으로 짐작했다.

"창룡당주, 경혼조가 모두 몇 명이지?"

"추… 혼향주, 몇 명인가?"

강무교의 갑작스런 질문을 받은 전술은 당황해서 양구에게 물었다. 그는 경혼조가 몇 명인지 모른다.

"조장까지 일곱 명입니다."

"호오… 일곱 명이서 남랑곡 산적 이백여 명을……."

강무교는 감탄하면서 손으로 턱을 쓰다듬으며 진검룡을 새삼스럽게 쳐다보았다.

"자넨 지금 당장 본 타의 당주 직을 맡아도 될 정도의 자격을 갖추고 있네."

전술과 양구, 호태곤은 놀라서 눈을 휘둥그렇게 떴다. 하지만 그들의 생각도 강무교와 다르지 않았다.

강무교는 솔깃한 제의를 했다.

"비록 당주는 아니지만, 마침 비룡당에 향주 자리가 하나

비었는데 해보지 않겠나?"

파격이다. 새로 온 지 며칠 되지도 않는 말단 조장을 진원분타의 제일당인 비룡당 향주로 전격 승급하는 것이다.

진원분타 사람들은 비룡당 향주가 창룡당주보다 낫다고 공공연하게 말한다. 실제로 비룡당 향주의 녹봉이 창룡당주보다 많다.

그러나 강무교는 실수를 했다. 명령을 했더라면 진검룡으로서도 어쩔 수 없을 텐데 제의를 한 것이다. 거절을 할 수 있는 빌미를 제공한 것이다.

"싫소."

진검룡은 일언지하에 거절했다.

강무교의 얼굴이 흐려졌다. 아쉽고 아깝다는 표정이 얼굴에 가득 떠올랐다.

반면에 전술과 양구, 호태곤은 만면 가득 놀라면서도 어이없다는 표정을 떠올렸다.

자신들이 진검룡이라면 두 번 생각할 것도 없는 제의이기 때문이다.

"왜 싫은가?"

강무교는 이대로 포기하고 싶지 않았다.

"싫기 때문이오."

왜 싫으냐는 물음에 싫기 때문이라는 대답이라면 더 이상 물을 게 없다. 황제도 자기가 싫으면 하지 않는다고 했다.

슥―

강무교는 의자에서 일어나 하나의 종이를 진검룡에게 내밀었다.

"내가 주는 상금일세."

그것은 전표였다. 진검룡이 한 손으로 받아 힐끗 보자 은자 천 냥이 적혀 있었다.

진원현 내에서 가장 신뢰성 높은 금원전장(金元錢莊)에서 발행한 전표다.

"진원현청에서 남랑곡 산적에게 현상금으로 은자 천 냥을 내놓았으므로 그것도 받아주겠네."

한꺼번에 무려 은자 이천 냥을 받았으니 어마어마한 금액이다. 진원분타가 생긴 이래로 이런 일은 처음이다.

전술과 양구, 호태곤은 그저 꿈을 꾸듯 몽연한 표정으로 진검룡을 쳐다볼 뿐이다.

강무교는 허리를 쭉 펴면서 굳은 표정을 지었다. 뭔가 중대한 말을 하려는 듯했다.

"이것은 명령이다."

조금 전에 진검룡에게 비룡당 향주가 되면 어떻겠느냐는 제의를 했다가 거절당한 강무교는 이번에는 제의 같은 것을 하지 않았다.

"창룡당 추혼향 휘하 경혼조는 한 달 후 정오까지 곤명지부로 오도록. 그동안 조원을 최하 십오 명까지 증원(增員)하는 것을 잊지 말게. 이후 경혼조의 대우는 비룡당 수준으로 해주겠네."

그의 명령인즉, 현재 곤명성 인근에서 벌어지고 있는 사황벌 미강지부와의 싸움에 경혼조를 참가시키겠다는 뜻이었다.

강무교로서는 당연한 생각이다. 진검룡과 경혼조 같은 뛰어난 인재를 썩히는 것은 죄악이기 때문이다.

진검룡은 마음이 착잡해졌다. 진원분타의 일개 조장으로서 앞으로 남은 생을 한가하게 보내려던 계획이 눈앞에서 어그러지고 있었다.

더구나 그로 인해서 경혼조원들은 한 치 앞을 내다볼 수 없는 전쟁터로 나서야만 한다.

그러나 명령을 거역할 수는 없다. 진검룡은 죽을 때까지 천의맹 사람이다.

명령을 거역하는 것은 곧 천의맹을 떠나야 한다는 의미다. 그것은 있을 수 없는 일이었다.

"달리 할 말이 있나?"

강무교는 이 멋진 사내를 어떻게든 자신의 곁에 두고 싶어서 방금 억지를 부렸다.

그래서 진검룡이 방금 내린 명령에 대해서 토를 달지 않은 것을 다행으로 여겼다.

"한매궁을 상대할 수 있게 허락해 주시오."

전술과 양구는 '저놈이 기어코!' 하는 표정을 지으며 가슴이 철렁 내려앉았다.

그런데 강무교는 오히려 흥미있다는 표정을 지었다.

"자세히 설명해 보게."

진검룡은 한매궁에 소수민족 젊은 여자들이 감금되어 있다는 사실을 간략하게 설명했다.

"음!"

강무교는 적잖이 놀라는 표정으로 침음을 흘리더니 형형한 눈빛으로 진검룡을 쳐다보았다.

"그래서 자넨 어쩔 생각인가?"

"여자들을 구출할 계획이오."

진검룡은 거침없이 대답했다.

강무교는 진검룡에게 점점 더 진한 호기심과 흥미를 느꼈다.

"어째서 그 일을 하려는 것인가?"

"그곳에 여자들이 갇혀 있기 때문이오."

그야말로 우문현답(愚問賢答)이다. 강무교는 자신이 쓸데없는 것을 물었음을 깨달았다.

진검룡의 말인즉, '거기에 도움의 손길을 바라는 사람이 있으므로 가겠다' 라는 것이다.

진검룡은 자신이 한매궁을 상대하려는 것을 강무교가 허락하지 않을 것이라고 생각했다.

진원분타의 직속 상급 조직인 곤명지부의 지부주라면 강
무교에겐 하늘 같은 존재다.

그런 지부주의 여동생을 건드리는 일을 강무교가 허락할
리가 없다.

하지만 진검룡의 예상이 틀렸다.

"좋아, 해보게."

강무교는 진중한 표정으로 힘있게 말했다. 이어서 전술을
보며 명령했다.

"창룡당주, 추혼향주, 두 사람은 경혼조장을 전적으로 지
원하도록 하게."

第二十二章
부조장

大中原

경혼조원 아홉 명은 대경실색해서 탁자에 놓인 은자 천 냥 짜리 전표를 쳐다보았다.

이어서 그들은 다시 진검룡을 쳐다보았다. 이게 무슨 돈이 냐고 묻는 표정들이다.

"분타주가 내린 상금이다."

경혼조원들의 눈이 반짝반짝 빛났다. 특히 돈이라면 환장 을 하는 낭랑과 주소영은 침까지 흘렸다.

그때 어떤 생각이 번쩍 머리를 스친 무악이 손뼉을 치면서 외쳤다.

"그렇군요! 이것은 사부님께서 남랑곡 산적들을 몰살시키신 것에 대한 상금인가 보죠?"

그는 그 사실을 모두 알고 있을 것이라 생각하고 아무렇지도 않게 말한 것이다.

그러자 그 사실을 알고 있는 낭랑과 주소영을 제외한 모두는 크게 놀란 얼굴로 진검룡을 쳐다보았다.

그들 중에서 몇 명은 현재 진원현 내에서 심심치 않게 나돌고 있는 남랑곡 몰살에 대해서 어렴풋이 알고 있었다.

"저, 정말입니까?"

소문을 들은 적이 있는 장관웅이 말을 더듬으며 놀란 얼굴로 물었다.

하지만 진검룡은 가타부타 대답하지 않고 전표를 턱으로 가리키며 와평에게 지시했다.

"와평, 이것을 은자로 바꿔서 모두에게 백 냥씩 나눠주게."

그 말에 남랑곡 몰살에 대한 조원들의 의문과 확인은 쑥 들어가 버렸다. 돈의 위력이다.

"으아아……."

"배… 배… 백 냥씩……."

모두의 입이 쩍 벌어지고 눈이 휘둥그레졌다.

은자 백 냥이면 조원 한 달 녹봉의 무려 이십 배다. 팍팍한 삶을 살아온 조원들 중에서 그런 거금을 한꺼번에 손에 쥐어본 사람은 한 명도 없다.

그때 동풍이 놀라움을 삼키면서 진지한 표정으로 나섰다.

"하지만 남랑곡을 몰살시킨 것은 조장님 혼자 아닙니까? 그러니 이 상금은 조장님께서 가지셔야 마땅합니다."

과연 경혼조의 살아 있는 양심다운 생각이다. 그런 생각을 한 사람은 동풍 하나뿐이다.

그 말에 몇몇 조원은 가슴이 철렁 내려앉는 표정을 지었다.

하지만 동풍의 말은 조금도 틀리지 않았다. 남랑곡 산적들을 몰살시키는 일에 조원들은 관여하지 않았으므로 상금을 나눌 자격이 없는 것이다.

그러나 진검룡은 거기에 대해서는 두 번 다시 한마디도 하지 않았다.

"그런데… 모두에게 골고루 백 냥씩 나눠주는 겁니까?"

그때 조제가 무악과 미미, 도록을 힐끗거리면서 조심스럽게 물었다.

그의 말인즉, 그들 세 사람은 오늘 들어온 신입 조원인데도 나눠주느냐는 뜻이다.

그러자 장관웅이 한 대 때릴 듯 주먹을 들어 올리면서 조제에게 면박을 줬다.

"경혼조에서 백 냥을 받지 말아야 할 사람이 한 명 있다면 바로 너다."

조제는 찔끔 목을 움츠리고 슬그머니 뒤로 물러섰다.

장관웅은 이십칠 세고 조제는 이십구 세지만, 장관웅은 조금도 개의치 않았다. 그는 원래 나이를 따지지 않지만 조제

같은 놈에겐 더욱 그랬다.

진검룡은 마지막으로 한마디를 더 하고 편좌방을 나갔다.

"부조장을 뽑겠다. 다섯 명 이상의 추천을 받은 조원으로
정하겠다."

추혼향처 왼쪽에는 세 개의 방이 나란히 있다.

첫 번째 큰 방은 향주의 집무실이고, 두 번째와 세 번째는
각각 탈혼조장과 경혼조장의 집무실이다.

조장의 집무실은 향주의 것에 비해 채 절반도 되지 않았다.

폭 일 장에 길이 일 장 반이며, 입구에 들어서면 오른쪽에
하나의 당궤와 의자가 놓여 있고, 왼쪽은 비었으며, 조금 더
안쪽에 네모난 탁자와 대여섯 개의 의자가 있었다.

그리고 입구 맞은편 끝에는 창이 있고, 그 아래에는 나무로
만든 침상과 침구가 잘 개어져 있었다.

진검룡은 경혼조장이 된 이후 자신의 집무실에 들어와 본
것이 처음이다.

그는 방갓을 벗어 벽에 튀어나온 옷걸이에 걸고 나무 침상
에 똑바로 누워서 눈을 감았다.

오늘로서 그가 진원분타의 조장이 된 지 닷새가 되고 있다.

세월의 빠르기로 따지면 낙양총부 시절보다 더 정신없이
지나가고 있었다.

또한 낙양총부에서 청룡검대주로서 정의를 위해서 일하는

것이나, 이곳 시골구석에서 조장으로 일하는 것이 별반 다르지 않다는 생각이 들었다.

세상 어디에나 악은 존재한다. 그러므로 진검룡이 어디에 있더라도 할 일이 있다는 것이다.

처음에 그는 이곳에서 모든 것을 다 잊은 채 그저 낚시나 하면서 흐르는 물처럼 편안하게 살 생각이었다.

그러나 그의 너무도 강인한 정의감은 그를 편안하게 쉬도록 내버려 두지 않았다.

남랑곡의 일이 그렇고, 한매궁이 그랬다. 이곳에도 할 일은 산재해 있는 것이다.

척!

그때 문이 열리고 누군가 들어오는 기척이 들렸다.

아마도 조원들이 추천한 부조장일 것이다.

그런데 진검룡은 들어선 사람의 숨소리를 듣고 그녀가 주소영이라는 사실을 간파했다.

그렇다면 부조장이 아니라 그녀가 뭔가 할 말이 있어서 찾아왔을 것이다.

하지만 진검룡은 눈을 뜨지도, 일어나지도 않았다. 주소영이 무슨 부탁을 할 것 같다는 짐작이 들어서 귀찮아졌다.

그가 그대로 가만히 있으면 자는 줄 알고 그녀가 그냥 나갈 것이라고 생각했다.

주소영은 문 안쪽에 가만히 서서 물끄러미 진검룡을 바라보고 있었다.

그녀는 뭔가 골똘히 생각하면서 조그맣고 빨간 입술을 잘근잘근 깨물었다.

그러더니 이윽고 결심한 듯 조심스럽게 진검룡을 향해 사박사박 걸어갔다.

침상 곁에 멈춘 그녀는 두 손을 가슴에 모으고 가만히 진검룡의 얼굴을 굽어보았다.

만약 그녀가 찢어지게 가난한 집에서 태어나 병든 모친과 세 명의 동생을 먹여 살려야 하는 가장(家長)의 중책을 걸머지지 않았더라면, 진검룡은 목숨을 바쳐서 사랑해 보고 싶은 멋진 사내였다.

주소영은 비록 십구 세 어린 나이지만 열 살 이후부터 잡일이라고는 해보지 않은 일이 없을 정도였다.

그리고 강남땅에서 가보지 않은 곳이 없을 정도로 밑바닥 생활을 두루 거쳤었다.

그러므로 그녀에게 달콤한 사랑놀이 같은 것은 죽을 때까지 한 번도 해보지 못할 사치에 불과했다.

슥.

그런데 주소영은 갑자기 똑바로 누워 있는 진검룡 옆에 그를 향해 조심스럽게 눕는 것이 아닌가.

그러더니 그의 배에 살며시 왼손을 얹고 가만히 있었다.

진검룡은 주소영의 갑작스런 행동에 의아했으나 뭔가 이

유가 있을 것이라고 생각했다.

그러다가 편좌방에는 남자들이 많아서 이곳에 한숨 자러 온 것이려니 하고 단순하게 받아들였다.

그래서 그는 주소영 때문에라도 잠깐 한숨 눈을 붙여야겠다고 생각했다.

슥.

그런데 진검룡의 배에 올려져 있던 주소영의 손이 갑자기 빠르게 그의 아랫도리 괴춤 안으로 미끄러져 들어왔다.

"······!"

그리고는 그가 무슨 반응을 보이기도 전에 그녀의 작은 손이 음경을 조금 세게 움켜잡았다. 맨손이 맨살의 음경을 잡은 것이다.

움찔!

진검룡은 가볍게 몸을 떨며 번쩍 눈을 떴다. 순간적으로 그는 이것이 무슨 상황인지 이해가 되지 않아서 머릿속이 마구 헝클어졌다.

이날까지 그 외에는, 특히 여자가 그의 음경을 만진 적은 단 한 번도 없었다.

그토록 사랑했던 연인 백소운조차도 그와 입을 맞추고 몸을 더듬기는 했어도 음경 근처에는 손도 대지 않았었다.

그런데 이 어린 앙큼한 계집아이가, 졸려서 자러 왔다고 여겨서 측은하게 생각하고 있던 무방비 상태의 진검룡을 능욕

하고 있는 것이다.

그가 일시적으로 놀라서 몸이 굳어 있는 사이에 주소영의 손이 음경을 만지작거리기 시작했다.

그녀의 숨결이 거칠고 심장이 미친 듯이 격렬하게 뛰었으며 손이 파들파들 떨리고 있는 것이 느껴졌다. 그것은 흥분이 아니라 놀라움과 긴장 때문이었다.

획!

순간 그녀의 작고 여린 몸이 집무실 허공을 갈랐다. 진검룡이 벌떡 일어나 앉으며 그녀를 집어 던진 것이다.

쾅!

"악!"

주소영은 집무실 문 옆 구석에 거세게 부딪쳤다가 바닥에 떨어졌다.

그녀는 온몸을 바들바들 떨면서 일어나려고 기를 썼다.

"으으……."

그러나 어디가 잘못됐는지 일어날 수가 없다. 벽에 부딪친 등과 옆구리가 쪼개지는 듯이 아팠다.

무릎을 꿇고 두 손으로 바닥을 짚은 채 힘을 줘보지만 온몸이 가늘게 떨릴 뿐이다.

그녀는 간신히 고개를 들어 원망하는 듯한 표정으로 진검룡을 바라보았다.

그는 침상 옆에 우뚝 서 있는데 그녀가 처음 보는 무서운 표정을 짓고 있었다.

순간 그녀는 자신이 뭔가 잘못 생각했다는 사실을 깨달았다.

그녀가 알고 있는 절대다수의 남자들은 여자를, 그것도 주소영처럼 어린 소녀를 몹시 좋아한다.

그래서 그런 소녀가 먼저 몸을 던지고 사타구니를 만져 주면 얼씨구나, 이게 웬 떡이냐 하고 덥석 집어먹을 것이라고 예상했었다.

그런데 진검룡은 그러지 않았을뿐더러 그녀를 짐짝처럼 내던져 버리기까지 했다. 주소영의 상식을 완전히 박살 내버리는 행동이다.

"나… 숫처녀예요……."

주소영은 입과 코에서 피를 흘리며 작게 항변하듯이 진검룡을 바라보며 말했다.

혹시 그가 자신을 막 굴러먹은 추잡한 계집애라고 오해하고 있는 것이 아닐까 해서 진실을 말해주려는 것이다.

"한 번도 사내에게 몸을 허락한 적이 없다고요……. 막 굴러먹은 어린년이지만 몸만은 깨끗해요. 그걸 조장에게 드리겠다는 거예요."

진검룡은 계속 침묵을 지켰다. 하지만 표정은 더욱 무섭게 변했다. 표정만으로 보면 당장에라도 주소영을 때려죽일 것만 같았다.

주소영은 여리고 다친 몸을 바들바들 떨면서 눈물을 흘리기 시작했다. 너무 억울했다.

이날까지 사내들을 벌레처럼 여기면서 지켜온 몸을 주겠다는데, 따뜻하게 안아주지는 못할망정 개 패듯이 집어 던지다니, 너무 분하고 억울했다.

정말 여간해서는 흘린 적이 없는 눈물이다. 지금 이곳 진원분타에서나 그녀가 거쳐 온 수많은 곳에서 그녀의 별명은 언제나 하나로 통했었다.

독종.

"조장의 굉장한 무술을 배우고 싶어요. 그러니까 날 갖고 무술을 가르쳐 주세요. 아니, 평생 죽을 때까지 날 갖고 놀아도 돼요. 그래 줄 수 있어요?"

피를 토하듯 처절하고 뼈를 깎아내듯 애절한 그 말이 바로 그녀의 속셈, 아니, 진심이었다.

그녀는 창백한 얼굴에 입과 코에서는 피를, 눈에서는 눈물을 흘리며 애절한 표정을 짓고 있었다.

그녀는 눈물을 흘린 적이 별로 없지만, 지금처럼 누군가에게 애원을 해본 적도 거의 없었다. 독종만큼이나 자존심이 강하기 때문이다.

"흑흑흑… 조장의 굉장한 무술을 배워서 돈을 많이 벌고 싶어요……. 그래서 엄마 병도 고쳐 주고… 평생 고생만 한 엄마와 동생들을 호강시켜 주고 싶어요……. 그러니 제발……."

지난밤에 서릉묘족의 융타우와 미미가 찾아와서 진검룡이 남랑곡 산적들을 몰살시켰다는 말을 했을 때, 주소영은 그 말을 듣고 한 가지 결심을 했었다. 그리고 그것을 지금 실행에 옮기고 있는 것이다.

그녀는 떨리는 손으로 자신의 상의를 벗기 시작했다. 오직 목적에만 정신을 빼앗긴 그녀는 자신이 지금 무엇을 하는지도 모르는 듯했다.

목적을 이룰 수만 있다면, 수단이나 과정 따윈 오히려 그녀에겐 신성화(神聖化)가 되는 모양이다.

"하지만 나는 조장에게 줄 게 없어요, 이 몸뚱이밖에는. 이걸 받고… 무술을 가르쳐 주세요."

"그만."

진검룡이 나직이 입을 열었으나 주소영의 귀에는 그의 말이 들리지 않았다.

그녀는 손을 멈추지 않고 잠깐 사이에 상의를 벗고는 젖가리개를 풀고 있었다.

순간 진검룡의 모습이 번뜩하더니 어느새 주소영 앞에 이르러 번개같이 그녀의 손을 움켜잡아 거칠게 일으켰다.

"아……."

스륵.

그런데 이미 풀어버린 젖가리개가 바닥으로 떨어지더니

그녀의 봉긋한 젖가슴이 드러났다.

작고 가녀린 그 나이 또래의 소녀보다 여윈 몸매의 주소영의 상체가 슬프게 빛나고 있었다.

앙상한 어깨와 유난히 도드라진 쇄골, 가늘고 긴 팔, 복숭아를 엎어놓은 듯한 크지도 작지도 않은 젖가슴, 저 안에 과연 내장이 들었을까 싶은 가느다란 허리.

그리고 배꼽 아래에서 더 아래 세로로 비스듬히 그어져 있는 흉터. 그것을 진검룡이 치료해 주었었다.

"조장……."

주소영은 커다란 두 눈에 눈물을 가득 머금고 진검룡을 올려다보았다.

그녀의 키는 진검룡의 가슴 부위밖에 차지 않아서 고개를 뒤로 젖히고 올려다보아야 했다.

진검룡은 그녀의 얼굴을 굽어보면서 자신이 지금껏 접해보지 못했던 또 다른 기구함을 발견했다.

그것은 가난과 무력함이다. 가난하기 때문에 무력한 것인지, 무력하기 때문에 가난한 것인지는 모른다. 하지만 둘은 불가분의 관계가 있다.

그는 낙양총부의 높은 지위에 있으면서 여태껏 악을 징벌하고 정의를 바로 세우는 일만을 해왔었다.

그러나 그는 지금 이 순간 또 하나의 자신의 할 일을 깨닫고 있었다.

어쩌면 천하에는 사마외도 때문에 고통받는 사람보다 가난이나 질병 때문에 고통받는 사람이 더 많을지도 모른다는 생각이 들었다.

그래서 그는 자신의 주위에 있는 사람들부터 가난과 무력함에서 벗어나게 해줘야 하지 않을까 생각하고 있다.

만약 그 일을 실행한다면, 아마 그 첫 번째 수혜자는 주소영이 될 것이고, 무악과 미미가 뒤를 이을 것 같다.

미미는 묘족의 공주지만 족속과 나라와 힘을 잃은 비련의 공주다. 자신들을 지킬 힘이 없는 족속은 비참하다.

슥—

그때 주소영이 몸을 진검룡에게 밀착시키면서 자유로운 한쪽 팔로 그의 허리를 꼭 끌어안았다.

"제발……."

진검룡의 가슴속 깊이 진득한 슬픔이 엄습했다. 이토록 어린 소녀가 가난에서 벗어나려고 자신의 몸뚱이를 밑천으로 삼는 현실 때문이다.

"알았다."

그는 주소영의 머리를 부드럽게 쓰다듬었다. 막내 여동생을 타이르는 듯한 행동이다.

순간 그녀는 그를 올려다보며 환한 표정을 지었다. 세상을 다 가진 듯한 표정이다.

"정말이죠?"

"그렇다니까."

그러자 그녀는 얼른 그에게서 떨어지더니 서둘러 바지를 벗으려고 하였다. 그가 그녀의 몸을 거두겠다는 것으로 해석한 것이다.

"또 맞고 싶으냐?"

진검룡이 냉랭하게 중얼거리자 주소영은 동작을 뚝 멈추더니 그를 올려다보았다.

"그럼……."

"너의 볼품없는 몸뚱이 따윈 필요없다. 아무 대가 없이 무술을 가르쳐 주마."

"아……."

주소영은 믿을 수 없다는 듯한 표정으로 진검룡을 바라보았다. 그녀의 눈에서는 또 다른 의미의 눈물이 쏟아졌다. 감동의 눈물이다.

슥.

진검룡은 바닥에서 그녀의 상의를 집어들어 그녀의 몸에 걸쳐 주었다.

옷이 무척 가벼운 것으로 미루어 그녀의 옷 속엔 암기들이 없는 것 같았다.

"고마워요, 조장."

주소영은 눈물을 글썽이면서도 방글방글 웃으며 그를 올려다보았다.

도대체 얼마 만에 웃어보는 것인지 그녀도 모른다. 아니, 어쩌면 태어난 이래 지금처럼 폐부 밑바닥에서부터 솟구치는 기쁨의 미소는 지어본 적이 없었을 것이다.

슥—

그녀는 자신의 얼굴 두 배는 되어 보이는 커다란 진검룡의 손을 두 손으로 붙잡아 들어 올렸다.

그러더니 갑자기 자신의 벗은 젖가슴에 그의 손바닥을 가만히 댔다.

진검룡이 사나운 얼굴로 손을 빼려고 하자 주소영은 간절한 표정으로 그를 올려다보면서 그의 손을 잡은 두 손에 잔뜩 힘을 주었다.

진검룡은 또 다른 것을 느꼈다. 지금 주소영의 행동은 고마움에 대한 자그마한 보답이라는 것을, 그녀로선 이런 것밖에는 해줄 수가 없다는 것을, 너무도 보잘것없기에 부끄러워하고 있다는 것을.

그는 차마 그마저 뿌리치지 못하고 가만히 있었다.

그의 손바닥에 부드럽게 감싸 쥔 주소영의 왼쪽 젖가슴 속에서 심장이 콩콩콩, 소리 내어 뛰고 있었다.

그때 주소영이 앙큼한 미소를 지으며 속삭였다.

"날 갖고 싶으면 지금이라도 늦지 않았어요. 아니, 조장이라면 언제든지 날 하고 싶은 대로 해도 돼요."

쾅!

"으악!"

결국 주소영은 또 한 번 허공을 날아 이번에는 침상 위에 나뒹굴어야만 했다.

"네가?"

"네, 조장. 내가 부조장이에요."

진검룡은 주소영에게 나가서 조원들이 선출한 부조장을 불러오라고 했다. 그랬더니 그녀는 봉긋한 가슴을 내밀며 당당하게 말했다.

그녀는 조원 여덟 명 중에서 일곱 명의 추천을 받았다. 그녀를 추천하지 않은 조원은 조제뿐이었다.

침상에 누워 있는 진검룡이 씁쓸한 표정을 짓자 옆에 앉아 있던 주소영은 그의 가슴에 엎드리면서 그를 턱 쪽에서 빤히 올려다보았다.

"왜, 내가 부조장이 된 게 못마땅해요?"

정이라고는 모르고 살아온 그녀는 진검룡에게 급속도로 정을 느끼고 있는 듯했다.

슥—

주소영에게 허점을 보여서는 안 되겠다고 생각한 진검룡은 몸을 일으켰다.

"조원 중에서 발이 빠른 사람 다섯 명을 뽑아놔라."

"왜요?"

주소영은 그를 빤히 바라보면서 생글생글 미소 지었다.

"시키는 대로 해라."

"알았어요. 영차!"

그녀는 한 손으로 침상을 짚고 조그만 몸을 일으키면서 노인네 같은 소리를 냈다.

*　　　*　　　*

"에그머니……."

쿵!

점심 식사를 하러 주루에 온 무악이 내민 하나의 주머니 속을 확인한 옥청은 자지러지게 놀라서 주머니를 떨어뜨리곤 그 자리에 주저앉아 버렸다.

너무나 놀라서 다리에 힘이 풀려 버린 것이다.

"어머니."

무악은 놀라서 옥청 앞에 쪼그리고 앉아 그녀를 부축해 일으키려고 했다.

"이게 무엇이냐?"

그러나 옥청은 일어날 생각도 하지 않은 채 겁먹은 표정으로 주머니를 바라보았다.

그녀는 방금 전에 주머니 안에 반짝이는 은자가 가득 들어 있는 것을 보았다.

주방 바닥에 모자가 마주 보고 앉아 있는 것을 다른 사람이
본다면 필경 이상하게 생각할 터이다.

무악은 미소 지으면서 목소리를 낮추어 설명했다.

"상금이에요, 어머니."

"상금이라고?"

"네, 사부님께서 주셨어요."

이어서 무악은 무려 은자 백 냥을 받게 된 경위를 자세히
설명해 주었다.

"세상에……. 이것을 우리가 받아도 되는 것이냐?"

옥청은 몹시 황송한 표정으로 물었다. 그녀 평생에 이렇게
큰돈을 만져 보는 것은 처음 있는 일이었다.

"사부님께서 상금으로 받은 은자 천 냥을 사부님을 비롯한
조원 열 명에게 백 냥씩 골고루 나눠주셨어요."

"사부님도 백 냥을?"

"네, 똑같이 백 냥이에요."

"세상에……. 사부님은 정말로 욕심이 없으신 분이로구
나."

옥청은 감탄을 터뜨렸다. 그녀가 보기에 천하에서 진검룡
같은 인물은 둘도 없을 듯했다.

오늘 진원분타 경혼조원이 된 아들이 자그마치 은자 백 냥
을 상금이라고 들고 와서 내밀었으니, 기함을 하지 않으면 이
상한 일이다.

그렇게 옥청과 무악의 가슴속에서는 진검룡이라는 인물에 대한 존경심이 더욱 깊고 높아져 갔다.

그로부터 정확히 한 시진 후에 무악이 허둥지둥 다시 집으로 돌아왔다.

쿵!

"에그머니나……."

잠시 후에 옥청은 두 번째로 다리에 힘이 빠져 주방 바닥에 퍼질러 앉고 말았다.

주저앉은 그녀 앞에는 낮에 보았던 것과 비슷한 크기의 주머니가 하나 놓여 있었다.

그녀 앞에 쪼그리고 앉은 무악은 묵직한 주머니를 집어 옥청에게 주면서 흥분을 감추지 못했다.

"이것은 현청에서 준 상금이에요. 은자 천 냥인데 이번에도 사부님과 조원들이 백 냥씩 똑같이 나눴어요."

쿵!.

무악이 억지로 안겨준 주머니가 너무 무거워서 옥청은 바닥에 떨어뜨리고 말았다.

그녀는 퍼질러 앉아서 벌어진 다리 사이에 놓인 주머니를 굽어보며 중얼거렸다.

"악아, 어미는 꿈을 꾸는 것만 같구나……."

"저도 그래요, 어머니."

은자 오십 냥 정도면 번듯한 집 한 채를 살 수가 있다. 그런데 갑자기 은자 이백 냥이 생겼으니 옥청과 무악은 천하에서 가장 부자가 된 듯한 기분이 들었다.

*   *   *

낭랑, 장관웅, 동풍, 조제, 도록 다섯 명은 편좌방의 진검룡 앞에 늘어섰다.

진검룡은 다섯 명에게 각기 서찰 여러 개씩을 나눠주었다. 어떤 사람은 다섯 개고 어떤 사람은 세 개다.

"이것을 서찰 겉봉에 적힌 소수민족 우두머리에게 전하고 속히 돌아와라."

"이게 뭡니까?"

"출발하라."

조제가 의아한 표정으로 물었으나 진검룡은 짧게 명령하고 편좌방을 나왔다.

한매궁을 상대하기 위해서는 힘만으로는 안 된다는 것이 그의 생각이다.

물론 그 혼자 한매궁에 들어가서 감금되어 있는 소수민족 여자들을 구출하는 것쯤은 손바닥을 뒤집는 것만큼이나 쉬운 일이다.

하지만 그렇게 하면 뒤가 시끄러워진다. 그리고 남랑곡에 이어서 그의 실력을 다시 한 번 발휘해야만 하는 불편함을 감수해야만 한다.

비록 진짜 실력은 아니더라도, 그가 한매궁을 아무렇지도 않게 요리한다면 또다시 골치 아픈 일이 벌어질 것이다.

즉, 평범하게 살아가기가 힘들어진다는 뜻이다.

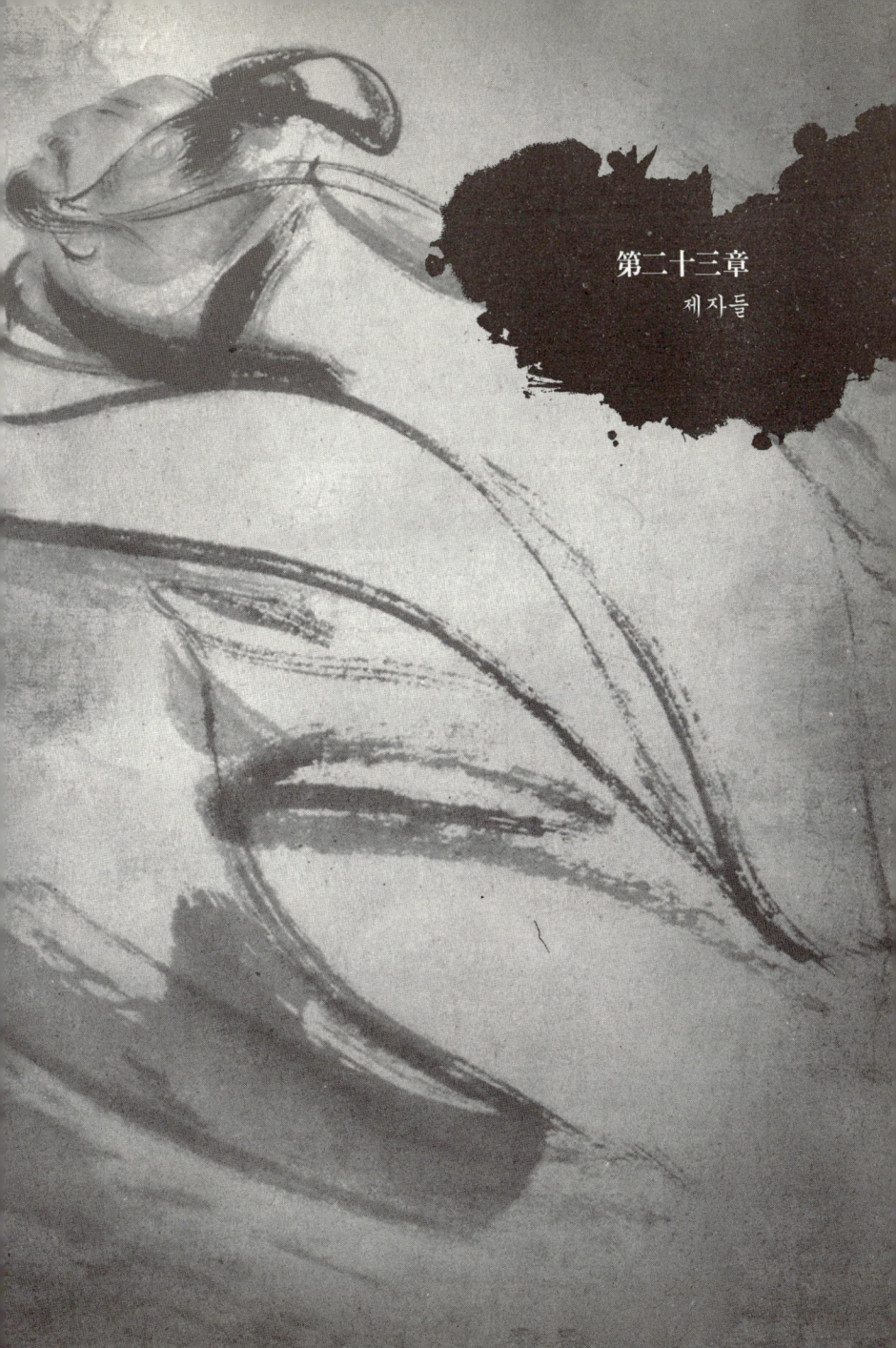

第二十三章

제자들

大中原

다른 조원 네 명은 각자의 서찰을 품속에 간직하고 다 떠났
는데 낭랑은 아직 출발하지 못하고 있었다.

추혼향처 뒤에서 주소영에게 붙잡혀 있었기 때문이다.

"남랑곡에서 있었던 일들을 하나도 빼놓지 않고 말해봐."

주소영은 자못 진지하면서도 독한 표정을 지으며 낭랑의
얼굴을 똑바로 쏘아보았다.

만약 말을 하지 않거나 거짓말을 하면 응분의 대가를 치를
것이라는 무언의 협박이었다.

낭랑의 얼굴에 곤란하다는 표정이 떠올랐다. 그 당시에 진
검룡이 그곳에서 있었던 일은 아무에게도 말하지 말라고 했

었고, 낭랑은 그러겠다고 약속했기 때문이다.

하지만 '아무에게도'에 주소영이 포함되는지 아닌지가 또 고민이다.

낭랑의 표정을 읽은 주소영은 싸늘하게 위협했다.

"말하지 않으면 이 자리에서 한 발자국도 움직이지 못할 줄 알아?"

"소영아, 나 조장 명령으로 어디 가야 한단 말이야. 다녀와서 말해줄게, 응?"

"말해."

주소영의 눈이 가늘어지고 날카로워졌다.

낭랑은 좋게 말해서는 안 되겠다 여기고 몸을 돌렸다.

"맘대로 해."

"등이 벌집이 되고 싶으면 가봐."

그런데 등 뒤에서 들려온 주소영의 싸늘한 목소리에 낭랑은 움찔 몸을 떨었다.

그녀가 돌아보니 주소영이 대못처럼 생긴 암기 세 개를 손가락 사이에 쥐고는 무섭게 쏘아보고 있었다. 여차하면 던질 기세다.

주소영은 임시로 사용하기 위해서 커다란 대못을 갈아서 몇 개의 암기를 만들었다. 그것을 처음으로 낭랑에게 사용하고 있는 것이다.

낭랑은 아직 주소영에 대해서 자세히는 모르지만, 이런 상황에서 자신이 아무 말 하지 않는다면 무슨 짓이라도 할 것이라는 사실 정도는 짐작할 수 있었다.

"이 계집애가 정말 보자 보자 하니까……."

기어코 낭랑은 참고 참았던 성질이 폭발하기 일보 직전까지 이르러 차가운 얼굴로 낮게 중얼거렸다.

그러자 주소영이 냉랭하게 되받아쳤다.

"나 부조장이야."

"……."

"부조장은 녹봉이 은자 일곱 냥이야. 지위도 너보다 높고 녹봉도 많아."

주소영은 별것도 아닌 것으로 낭랑의 속을 긁었다. 그런데 그 별것도 아닌 것이 정말로 낭랑의 속을 박박 긁었다. 여자들이라서 그렇다.

"이건 명령이야. 어서 말해. 아니면 명령 불복종으로 뇌옥에 가둬 버리겠어."

낭랑이 남랑곡에서 주소영을 위해 목숨을 내던졌을 때에는 언니언니, 하면서 온갖 아양에 얌전을 떠는 것 같더니, 그게 얼마나 지난 일이라고 지금은 원수로 표변해서 잡아먹으려고 드는 주소영이다.

"알았어. 나참, 더러워서……."

낭랑은 여러 면에서 주소영보다 한 수 위가 분명하다. 하지만 지금 이 자리에서는 아니다.

남랑곡에서의 일을 말해주면 될 것을, 괜한 일로 으르렁거리면서 피를 보기 싫어서다.

만약 말을 하지 않는다면 주소영은 정말 낭랑에게 해코지를 할지 모르는 일이다.

얼마 전까지만 해도 주소영은 남랑곡에서의 일, 구체적으로 진검룡이 자신을 어떻게 치료했는지에 대해서는 그다지 궁금하지 않았었다.

그런데 아까 경혼조장 집무실에 다녀오고 나서, 아니, 더 정확히 말하자면, 그곳에서 진검룡과 그런 은밀한 일이 있고 나서는 남랑곡에서의 일이 부쩍 궁금해졌다.

사람의 일이라는 것이 정말 묘해서, 그 일이 있기 전에는 진검룡이 그저 조장으로만 여겨졌었다.

그런데 그 일이 있고 나서는 어찌 된 일인지 그가 조금씩 사내로 보이기 시작했다. 왜 그런지 주소영 자신도 모르고, 이유를 생각해 본 적도 없다.

그래서 그와 자신 사이에 벌어진 일이라면 터럭만 한 것이라도 알고 싶어진 것이다.

'이년, 너 어디 한번 당해봐라.'

낭랑은 내심 이를 갈았다. 어차피 말할 수밖에 없게 되었으니 주소영을 골려주자는 심보가 작용한 것이다.

그래서 그녀는 그때부터 진검룡이 남랑곡 밖 으슥한 곳에서 주소영을 발가벗겨 놓은 채 치료했던 과정을 하나도 빼놓지 않고 설명하기 시작했다.

그러나 하나도 빼놓지 않고 자세히 설명하는 것만으로는 낭랑의 성에 차지 않았다.

그래서 그녀는 살을 붙였다. 그런데 그놈의 살을 붙이다 보니까 살에 살이 자꾸만 더해졌다.

첫 번째 살은, 진검룡이 벌거벗은 주소영의 두 다리를 활짝 벌려서 자신의 어깨에 얹어놓고 치료를 했다는 것이다.

두 번째 살은, 우연인지 아닌지는 잘 모르겠지만, 치료 과정에서 진검룡이 주소영의 옥문을 필요 이상으로 많이 만졌다는 것이다.

세 번째 살은, 진검룡이 주소영을 뒤집어놓고 궁둥이를 양손으로 잡고 활짝 벌리기도 했는데, 낭랑이 있는 방향에서는 잘 보이지 않아서 무엇을 하는지는 잘 모르겠지만, 잠시 후에 보니까 그의 손가락 하나가 이상한 액체에 흠뻑 젖어 있었다는 사실이다.

이 대목에서 주소영은 다리를 오므리면서 '허헉!' 하는 신음을 토해냈다.

네 번째 살이 마지막이며 또한 결정적인 살로써 두툼한 지방층이라고도 할 수 있었다.

이것 역시 진검룡이 왜 그랬는지 의도를 잘 모르겠다는 전제가 붙었다.

그가 갑자기 낭랑더러 망을 보고 오라고 시켰다는 것이다.

그래서 낭랑은 별 의심 없이 약 이각에 걸쳐서 주변을 살피고 돌아왔다.

그런데 그녀가 도착했을 때 진검룡이 급히 바지를 추켜올리고 있었다는 것이다.

그리고는 그가 당황한 표정으로 황급히 주소영의 옥문을 헝겊으로 닦는데, 얼핏 보니까 헝겊이 새빨간 피로 물들었다는 것이다.

"자, 끝이야. 이제 만족해?"

낭랑이 긴 이야기를 끝내고 슬쩍 주소영의 표정을 살폈다.

주소영은 얼굴이 새빨갛게 달아올라 다리를 잔뜩 오므린 채 손으로 꾹 누르고 있었다.

낭랑은 속으로 회심의 미소를 지었으나 겉으로는 마치 동생을 염려하는 언니 같은 표정으로 마지막 일침을 가했다.

"아무래도 너는 앞으로 조장을 지아비로서 잘 섬겨야 할 것 같아. 그림자처럼 말이야."

그렇게 말하면서 그녀는 주소영이 폭발할지 모른다는 생각에 어서 이 자리를 피하려고 했다.

그런데 주소영이 보인 반응은 낭랑의 기대를 완전히 짓뭉개 버렸다.

주소영은 얼굴이 발그레해진데다 흡족한 미소까지 지으며 낭랑에게 눈웃음을 쳤다.

"고마워, 언니."

너라고 하다가 이제는 다시 언니라고 부른다.

돌아서는 낭랑은 왠지 기분이 개운하지 않았다.

분타주 검룡세 강무교는 다시 곤명성으로 가기 전에 진검룡을 불렀다.

그는 진검룡에게 한매궁의 일을 처리하려면 철두철미하게 할 것이며, 뒷일은 조금도 염려하지 말라고 주문했다.

또한 경혼조원들을 증원해서 한 달 후에 곤명지부에 합류하는 것을 명심하라고 재삼 당부했다.

이어서 그는 비룡무사 십여 명을 이끌고 말을 몰아 질풍처럼 달려갔다.

진검룡이 무악과 미미, 그리고 주소영과 함께 무악네 주루에 온 것은 신시(오후 4시) 무렵이다.

진검룡과 경혼조는 분타주로부터 직접 허락받은 임무가 있으므로 구태여 분타에 붙어 있을 필요가 없었다.

진검룡 일행이 들어온 지 몇 호흡 지나지 않아서 묘족 복장을 한 청년 세 명이 따라 들어섰다.

그들은 융타우가 미미를 보호하라고 진원현에 두고 간 서룽묘족의 건장한 젊은 청년들이다.

미미가 진원분타 안에 있는 동안 세 명의 묘족 청년은 분타 전문 건너편에 나란히 서서 꼼짝도 하지 않았다. 미미가 나오면 그녀를 보호하기 위해서다.

그리고 미미가 진검룡 등과 함께 나오자 이곳 무악네 주루까지 따라온 것이다.

진검룡은 묘족 복장을 한 그들이 거슬렸으나 미미는 당연하다는 듯 태연하게 행동했다.

그녀는 묘족의 공주이므로 청년들의 호위를 받는 것이나 사람들이 자신을 떠받드는 것이 몸에 배어 아무렇지도 않은 것이다.

진검룡과 미미 등이 집으로 들어가자 묘족 청년들은 주루에 탁자 하나를 차지하고 앉아서 미동도 하지 않았다.

손님들은 그들을 힐끗거리면서 자기들끼리 수군거렸다.

"미미야, 묘족 청년들을 돌려보내라."

별채 마루에 들어서자마자 진검룡이 미미에게 말했다.

"네, 조장사부님."

그녀는 명랑하게 대답하고는 쪼르르 밖으로 달려나갔다.

그녀가 곤란하다고 하면 알아듣게 설명하려고 내심 생각하고 있던 진검룡으로서는 다행한 일이었다.

하지만 진검룡에겐 께름칙한 일이 하나 더 있었다. 어찌 된 일인지 주소영이 아까부터 이상한 행동을 하고 있는 것이다.

아침나절 내내 진검룡만 보면 종알거리고 치근거리던 그녀가 오후 들어서는 말도 거의 하지 않고 일체 귀찮게 굴지도 않았다.

단지 진검룡의 곁에 다소곳이 서거나 앉아 있을 뿐이다. 그녀의 모습은 마치 그림자 같았다. 도대체 그녀가 왜 그러는 것인지 모를 일이었다.

미미가 돌아오자 진검룡은 세 사람을 마룻바닥에 나란히 앉게 했다.

경혼조의 다른 조원들은 각기 임무를 수행하기 위해서 흩어져 있는 상황이었다.

하지만 무악과 미미, 주소영은 아무 임무도 받지 않은 채 진검룡을 따라왔다.

주소영은 부조장이라서 그럴 수도 있지만, 무악과 미미는 마음이 심란했다.

자신들이 능력이 없어서 경혼조에 아무런 도움이 되지 못한다고 생각하기 때문이다.

어떻게든 경혼조, 아니, 진검룡에게 조금이라도 도움이 되고 싶은 마음이 간절한 두 사람은 착잡한 심정으로 고개를 숙이고 있었다.

그때 세 사람 앞에 선 진검룡이 조용히 입을 열었다.

"오늘부터 너희에게 무공을 가르쳐 주겠다."

"엣?"

"아!"

"정말인가요?"

무악과 미미, 주소영은 놀라서 번쩍 고개를 들고 진검룡을 올려다보았다.

무악과 미미는 자신들이 가장 존경하는 진검룡에게 무술을 배우게 될 줄은 꿈에도 상상하지 못했었다.

두 사람은 너무도 놀라고 감격한 나머지 두 손을 가슴 앞에 모으고 눈물을 펑펑 흘렸다.

주소영은 진검룡이 무술을 가르쳐 주겠다고 허락해서 기대를 하고 있었다.

하지만 그 시기가 이렇게 빨리 다가올 줄은 미처 예상하지 못했기에 기쁨이 이루 말할 수 없을 지경이었다.

그녀의 기쁨은 무악과 미미하고는 질적으로 다르다. 홀어머니 슬하에서 별 고생 모르고 자란 무악이나, 묘족의 공주로서 호강하면서 성장한 미미에게 무공이라는 것은 단지 호신술 정도로 여겨질 터이다.

그러나 주소영에게 있어서의 무공은 목숨하고 바꿔서라도 배우고 싶은 소중한 것이었다. 오죽하면 자신의 순결을 진검룡에게 주려고 했겠는가.

감격에 찬 세 사람은 똑같이 눈물을 흘리면서 진검룡을 우러러보다가 누가 먼저랄 것도 없이 무릎을 꿇고 나란히 큰절을 아홉 차례 올렸다.

"제자들이 사부님을 뵈옵니다!"

진검룡은 그들이 절하는 모습을 묵묵히 굽어보면서 구태

여 만류하지 않았다.

물이 높은 곳에서 아래로 흐르는 것이 순리이듯, 세 사람을 제자로 거둬야 하는 것이 순리라면 애써 거스르지 않겠다고 생각을 고쳐 먹은 것이다.

주소영은 마지막 아홉 번째 절을 할 때 아무도 듣지 못하도록 아주 작은 소리로 중얼거렸다.

"여보, 고마워요."

그러나 진검룡의 귀에는 그 말이 또렷하게 들렸다. 그는 '저 녀석이 또 장난을 하는구나' 라는 생각에 실소를 흘렸다.

사부에 대한 구배지례(九拜之禮)를 모두 올리고 난 세 사람은 눈물을 닦고 눈을 초롱초롱 빛내면서 진검룡을 우러러보았다.

이윽고 진검룡은 세 사람 앞에 앉아서 방갓을 벗어 옆에 내려두었다.

"미미는 몇 살이냐?"

"열일곱이에요."

진검룡의 물음에 미미는 제자의 언행에 어긋나지 않으려고 애쓰면서 공손히 대답했다.

진검룡은 조용히 고개를 끄덕였다.

"무악과 미미에겐 소영이 누나고 언니다."

무악은 즉시 주소영을 향해 돌아앉아서 두 손으로 바닥을 짚고 고개를 숙였다.

"사저(師姐), 앞으로 잘 부탁드립니다."

미미도 무악 옆에서 냉큼 똑같이 절했다.

"사저, 미미도 잘 부탁해요."

그런데 주소영은 묘한 표정을 짓고 있었다. 얼굴이 발그레 붉어졌으며 눈시울도 붉어졌다. 그러더니 갑자기 고개를 푹 숙이는 것이 아닌가.

진검룡은 그 이유를 곧 알아차렸다. 여태까지 뭇사람들에게 손가락질만 받으면서 허허벌판 같은 세상에서 찬바람을 헤쳐 온 그녀가 갑자기 두 명의 사제가 생기자 감격하고 만 것이다.

절을 하고 있던 무악과 미미는 주소영이 아무런 말이 없자 의아한 얼굴로 살며시 고개를 들었다.

"자, 똑바로 앉아라."

진검룡의 말에 무악과 미미는 부리나케 그를 향해 자세를 고쳐 앉았다.

그사이에 주소영이 재빨리 소매로 눈물을 훔치는 것을 진검룡은 놓치지 않았다. 사실 그녀가 눈물을 닦을 수 있도록 그가 배려한 것이었다.

"너희가 제일 먼저 배워야 할 것은 심법(心法)이다."

세 사람 얼굴에 똑같이 의아한 표정이 떠올랐다.

"무술을 배우는 게 아닌가요?"

여태까지 말도 없고 얌전하던 주소영이 반사적으로 뾰족

하게 외쳤다.

진검룡은 그럴 줄 알았다는 듯 빙그레 미소 지었다.

"무(武)에는 술(術)과 예(藝)와 공(功)이 있다. 누가 그 뜻을 아느냐?"

그러자 무악이 서책에서 읽었던 내용이 번쩍 생각나서 또랑또랑한 목소리로 대답했다.

"술은 몸을 이용한 것이며, 예는 무기를, 그리고 공은 내공을 사용하는 것입니다."

주소영과 미미는 깜짝 놀라서 무악을 쳐다보았다. 그의 박식함 때문이기도 하지만, 무에 그런 여러 종류가 있다는 사실에 더 놀란 것이다.

하지만 무악의 짧은 설명으로는 주소영도, 미미도 아직 무의 종류에 대해서 제대로 분간이 가지 않았다.

진검룡이 간단명료하게 정리해 주었다.

"덧붙여 말하면, 술을 배우면 몸으로 하는 것밖에 하지 못하고, 예를 배우면 무기와 몸 두 가지를, 공을 배우면 전부를 사용할 수 있다."

순간 무악과 주소영, 미미는 일제히 외쳤다.

"공입니다!"

"공이에요, 공! 무조건 공!"

"공 할래요!"

퍽! 퍽! 퍽!

세 제자에게 심법을 강독해 주고 외우라 지시한 진검룡은 무악네 집 앞에서 장작을 패기 시작했다.

지금은 세찬 바람이 불기 직전의 고요다. 현재로선 그가 할 일이 없다. 기다리고 있는 것뿐이다.

지난번에 무악과 함께 산에서 해온 장작이 한 자 반 길이로 잘라놓은 그대로 쌓여 있어서 그것을 적당한 크기로 쪼개고 있는 것이다.

지난번이라고 해봤자 사흘 전이다. 무악은 그날 녹초가 됐었기 때문에 장작을 팰 여유가 없었다.

장작 패는 소리에 옥청이 주루 뒷문을 열고 살며시 나와 물끄러미 진검룡을 바라보았다.

그는 별채에 방갓을 벗어둔 채 쓰지 않은 모습으로 장작 패는 일에만 열중해 있었다.

별로 힘든 일이 아니라서 진검룡은 땀조차 한 방울 흘리지 않았다.

그냥 가만히 있는 것보다는 단조롭고 규칙적인 행동을 하는 쪽이 생각을 하는 데 더 도움을 주는 법이다.

진검룡을 바라보는 옥청의 눈은 꿈을 꾸듯이 몽연하다. 요즘 그녀는 하루 종일 진검룡을 생각하지 않을 때가 없었다.

아들인 무악보다도 진검룡을 몇 배나 더 많이 생각한다. 일부러 생각하려는 것이 아니라 그냥 부지불식간에 문득 그의 얼굴과 모습이 떠오른다.

한차례 숨을 쉴 때마다 생각나는 것을 그녀로서도 어쩔 도리가 없는 일이었다.

그렇다고 딱히 그와의 무슨 행위를 상상하는 것은 아니다. 단지 망연하게 그의 모습만 생각하는 것이다.

아니, 가만히 있거나 무슨 일을 하더라도 그의 모습이 저절로 떠오른다.

하지만 마음이 들뜨거나 달아오르는 그런 것은 아니다. 진검룡을 생각하면 이상할 정도로 마음이 차분해지고 상쾌하며 또 행복해진다.

옥청은 꿈속에서도 진검룡을 본다. 그와 만나서 무엇인가를 하는 것이 아니라, 현실에서처럼 그를 물끄러미 바라보기만 할 뿐이다.

그가 온 이후 그의 꿈을 꾸지 않은 날이 하루도 없었다. 그래서 만약 그의 꿈을 꾸지 않는 날이 있다면 이상하게 여겨질 것이다.

옥청은 믿는다. 그가 한 집에 살고 있는 한 자신과 무악은 나쁜 일을 당하지 않을 것이며, 계속 행복하게 오순도순 살 것이라는 사실을 말이다.

끼익!

"조장님."

그때 옆문이 열리고 와평이 초조한 얼굴로 들어서면서 진검룡을 불렀다.

화들짝 놀란 옥청은 급히 주루 뒷문을 열고 살며시 주루 안
으로 들어갔다.

그러고서도 그녀는 주방으로 들어가지 않고 뒷문에 기대
서서 무슨 일일까 싶어서 밖의 동정에 잔뜩 귀를 기울였다.

"가효모! 여기 주문한 삼절채(三切菜) 어떻게 된 거요? 도라
지 캐러 산에 갔었나? 아니면 돼지고기 얻으러 푸줏간에 간
거요?"

"가효모! 아까 주문한 술 두 근 어떻게 됐소?"

그때 주루의 손님들이 젖 달라고 보채는 아기처럼 빽빽거
리며 소리를 질러댔다.

옥청은 어쩔 수 없이 서둘러 주방으로 들어갔다.

"이쪽입니다."

와평이 앞서서 전력으로 달리면서 한쪽 방향을 가리켰다.

그러나 말이 전력으로 달리는 것이지, 진검룡이 조금 빠르
게 걷는 정도의 속도일 뿐이다.

그나마도 얼마 달리지 못해서 속도가 느려지며 심하게 헐
떡이더니 급기야는 벽을 짚은 채 멈춰 섰다.

"하악! 학학학! 죄, 죄송합니다… 조장님… 더 이상
은……."

얼마 전에 진검룡은 와평에게 한매궁 전문을 감시하라고

지시했었다.

그가 모종의 계획을 추진하고 있는 동안에 한매궁이 뇌옥에 감금되어 있는 소수민족 여자들을 다른 곳으로 이동시킬지 모른다는 생각에서였다.

진검룡이 뇌옥에 감금된 소수민족 여자들을 봤을 때 그녀들은 한결같이 젊고 예뻤었다.

그렇다면 그녀들을 노예나 기루, 창루(娼樓) 같은 곳으로 팔 가능성이 높다.

말하자면 인신매매인 것이다. 운남성에는 소수민족들이 도처에 수백만 명이나 널려 있다.

그러므로 젊고 예쁜 여자들을 골라서 납치하여 비싼 값에 내다 파는 것은 밑천도 들지 않는 땅 짚고 헤엄치는 것이나 다름이 없는 편한 장사라고 할 수 있었다.

한매궁이 어떤 경로를 통해서 소수민족 여자들을 납치했는지는 아직 알 수 없다.

아마도 진원현 인근의 산적이나 수적들과 연계되어 있을 것이라는 게 진검룡의 추측이었다.

"하아아… 학학학……. 서둘러야 하는데… 몸이 말을 듣지 않아서… 죄송합니다……."

"어딘가?"

와평은 거의 주저앉을 듯한 모습으로 고개를 들어 주위를 두리번거리더니 곧 고개를 가로저었다.

"혁혁… 복잡해서 가르쳐 드려도 잘 모르실 겁니다."

와평의 말로는 한매궁에서 사방이 막힌 마차 한 대와 무사 십여 명이 빠져나왔다는 것이다.

그 마차에 소수민족 여자들이 타고 있을 수도 있고 아닐 수도 있다.

진검룡은 마음이 급해졌다. 시간을 지체하다가는 마차를 놓쳐 버릴 수 있고, 그렇게 되면 혹시 마차에 타고 있을지 모르는 소수민족 여자들을 찾는 일은 어려워지기 때문이다. 아니, 영원히 찾지 못할 수도 있었다.

척!

"어어……."

안 되겠다고 생각한 진검룡은 벽에 기대 있는 와평의 한쪽 어깨를 잡고 근처의 골목 안으로 달려들어 갔다.

그가 빠르게 달리는 바람에 와평은 몸이 수평이 되면서 두 발이 허공에 뜨자 놀라서 눈을 크게 떴다.

"조장님, 여긴 왜… 어엇?"

와평은 어리둥절해서 말하다가 혼비백산하고 말았다. 자신의 몸이 허공으로 둥실 떠오르는 것을 느꼈기 때문이다.

"어느 쪽이냐?"

"으으……."

진검룡이 묻는데도 와평은 대답하지 못했다. 자신이 어느 집 지붕 위에 올라서 있다는 사실을 설핏 깨닫고는 오금이 저려서 입이 떨어지지 않았다.

철썩!

진검룡이 한차례 가볍게 뺨을 때려서야 와평은 조금 정신을 차렸다.

"서, 서쪽입니다."

와평은 달달 떨리는 팔로 급히 서쪽을 가리키다가 또다시 비명을 질렀다.

휘익!

"우왓!"

갑자기 몸이 거센 소용돌이 속으로 빨려드는 것처럼 세차게 딸려갔기 때문이다.

'으으… 이게 도대체 무슨 일이냐……'

자신은 가만히 있는데도 몸이 어딘가로 빠르게 쏘아가고 있는 것이 무슨 영문인지 모를 일이었다.

눈을 껌뻑거리던 그는 무엇을 발견했는지 눈이 휘둥그레지고 입이 쩍 벌어졌다.

아주 짧은 순간 한꺼번에 여러 가지 상황을 발견하고 또 깨달은 것이다.

우선 자신의 몸이 허공에 떠 있다. 그리고 주위의 경물이 순식간에 획획 빠르게 스쳐 지나가고 있다. 그뿐 아니라 몸이 비스듬히 누운 자세였다.

다음 순간 그는 진검룡을 발견했다. 진검룡이 자신의 한쪽 어깨를 움켜잡은 상태에서 쏘아가고 있었다. 그러니까 그는 진검룡에 의해서 허공을 끌려가고 있는 것이다.

'어… 떻게 이런 일이……'

평소에는 점잖아서 경혼조의 큰형님 역할을 하고 있는 와평이지만 지금은 제정신이 아니었다.

잠시의 시간이 지나고 조금 정신을 수습하자 그는 지금 벌어지고 있는 상황을 관찰할 수 있게 되었다.

'아아… 이것이 말로만 듣던 경공술(輕功術)인가?'

그는 내심 찬탄을 터뜨렸다. 지금 진검룡이 펼치고 있는 것이 경공술일 것이라고 짐작했기 때문이다.

그는 세상 경험이 풍부하지만 지금껏 경공술을 펼치는 사람을 한 번도 본 적이 없었다.

무림 언저리에는 가본 적이 없고 죄다 진원분타 정도의 고만고만한 조직들을 전전했기 때문이다.

그런 곳에는 조직의 최고 우두머리, 즉 수장(首長)이나 측근 몇 명 정도만이 무림고수라고 불릴 만하고 나머지는 무사 수준이었다.

수장이나 그의 측근들이 무공을 펼치는 곳에는 와평 같은 조무래기들은 얼씬도 못하기 때문에 그들의 경공술은커녕 무술도 본 적이 전무하다.

'경공술이 틀림없다!'

하지만 워낙 보고 들은 것이 많은 와평인지라 지금 진검룡이 전개하고 있는 것이 분명히 경공술이라고 단정했다.

웬만큼 정신을 차린 와평은 조금 더 신경을 써서 진검룡이 펼치는 경공술을 살필 수 있게 되었다.

진검룡은 집들의 지붕을 발끝으로 살짝살짝 디디면서 훌쩍홀쩍 날아가고 있었다.

와평이 살펴보니까 한 번 지붕을 발끝으로 가볍게 박차면 족히 사오 장은 날아갔다.

'으아… 사람이 어떻게 한 번에 사오 장씩이나 날아가……'

그가 속으로 경악하고 있을 때, 이번에는 진검룡이 단번에 오륙 장을 날아갔다.

그걸 보고 와평은 아예 기가 딱 질려 버렸다. 지금 진검룡이 전력을 다하지 않고 있다는 사실을 알아차린 것이다.

'이 사람은 절대 이런 시골구석에서 조장이나 할 인물이 아니다. 뭔가 사연이 있어서 이곳까지 흘러왔을 것이다! 도대체 예전에는 어떤 사람이었는지 궁금하군.'

와평은 진검룡이 굉장한 인물일 것이라고 추측했다.

'조장은 분타주보다 더 고강한 것이 분명하다. 조장이 남랑곡의 산적들을 몰살시켰다는 것은 결코 운이 좋아서가 아니라 실력이었다.'

第二十四章
정의(正義)

大中原

"저, 저깁니다."

와평이 전방의 왼쪽을 가리키며 나직이 말했다.

진검룡은 와평의 한쪽 어깨를 잡고 경공술을 전개하여 관도를 달리고 있다가 전방 왼쪽을 쳐다보았다.

그곳은 관도가 끊어지는 곳에 위치한 하나의 포구였다.

포구에는 한 척의 중간급 규모의 배가 정박해 있으며, 뭍에는 사방이 막힌 한 대의 마차와 십여 필의 말, 그리고 십여 명의 무사가 서 있는 광경이 보였다.

무사들은 도검을 메고 있으며, 일견하기에도 한매궁의 무사들 같았다.

그런데 정박해 있는 배에서 십여 명의 장한이 닻을 올리고 포구에 묶어놓은 밧줄을 풀고 있었다. 출항하려는 것이 틀림없다.

그렇다면 마차에 태워왔을지 모를 소수민족 여자들을 이미 배에 옮겨 실었다는 뜻이다.

진검룡은 한매궁이 소수민족 여자들을 이송한다면 곤명성 방향으로 가지 않을까 예상했었는데, 이곳은 동북쪽인 곤명성하고는 완전히 반대 방향이다.

"저 강은 무슨 강인가?"

그는 속도를 더욱 높여 쏘아가면서 낮게 물었다.

"파경하입니다. 하류에서 난창강과 합류합니다."

와평이 즉시 대답했다.

"더 아래쪽에서는?"

"요국(寮國:라오스)으로 흘러들었다가 여러 나라를 거쳐서 바다로 빠져나갑니다."

'바다?'

순간 진검룡의 뇌리로 번뜩 스치는 것이 있었다. 한매궁은 소수민족 여자들을 중원에 팔려는 것이 아니라 해외(海外)로 반출하려는 것이다.

중원에 팔아도 그녀들이 자신들의 부족으로 돌아오는 것이 하늘의 별을 따는 것처럼 불가능한 일이거늘, 해외에 노예로 팔아버린다면 그 불가능마저도 없다.

평생 인간다운 대접은 받지 못한 채 무수한 사내들의 노리
개로 전전하다가 처절한 모습으로 죽어갈 뿐이다.

그런 생각을 하자 진검룡의 마음속에서 활화산처럼 분노
가 들끓어 올랐다.

투······.

"앗!"

포구 입구에 이르자 진검룡은 와평을 지면에 살짝 내려주
고 계속 쏘아갔다.

딴에는 조심해서 내려준다는 것이 와평한테는 청천벽력
같은 충격이었다.

그는 두 발이 바닥에 닿는 순간 균형을 잡지 못한데다 여태
껏 빠르게 달려오던 기세를 이기지 못하고 쓰러지면서 지면
에 마구 뒹굴었다.

그런데 그의 외침을 듣고 마차 주위에 있던 십여 명의 무사
와 배에 있던 장한들이 놀라는 표정으로 일제히 와평을 쳐다
보았다.

그들은 진검룡이 자신들을 향해 바람처럼 쏘아오는 것을
발견하고 크게 놀랐다.

그들이 가장 먼저 생각한 것은, 진검룡의 경공술이 엄청나
다는 사실이었다.

진검룡과 십여 명 무사와의 거리는 십오륙 장 정도다. 그
먼 거리를 그는 순식간에 좁혀가고 있는 중이었다.

차차창!

하지만 진검룡이 아무리 빨라도 무사들이 도검을 뽑을 여유는 있었다.

그 순간 배의 장한들은 서둘러서 배를 출발시키고 있었다.

십여 명의 무사가 부챗살처럼 펼친 진세로 가로막고 있으므로 그들을 통과하지 않고는 배로 갈 수 없는 상황이었다.

진검룡은 비스듬히 허공으로 떠올랐다가 그들을 향해 독수리처럼 내리꽂혔다.

슈욱!

한 번 도약에 칠팔 장을 날아왔으므로 그들 머리 위로 날아서 넘을 수는 없는 상황이었다.

대여섯 바퀴나 지면에서 구른 와평은 몸을 일으키다가 진검룡이 무사들을 향해 쏜살같이 하강하는 광경을 발견했다.

그는 마른침을 꼴깍 삼켰다. 진검룡이 무술을 전개하는 모습을 직접 보게 된 것이다.

배는 이미 포구를 떠나 강의 중심으로 미끄러져 가고 있는 중이었다.

포구의 십여 명의 무사는 하강하는 진검룡의 기세에 움찔했으나 그를 향해 맹렬히 도검을 휘둘렀다.

와평이 보기에 무사들의 실력은 만만치 않은 것 같았다. 더구나 그들이 휘두르는 십여 자루 도검 속으로 진검룡은 맨몸으로 뛰어들고 있었다.

퍼퍼퍼퍼퍽!

"끅!"

"캑!"

"컥!"

그 순간 십여 명의 무사가 답답한 신음을 터뜨리며 한꺼번에 와르르 거꾸러졌다.

"아……."

와평은 부지중 신음인지 감탄인지 모를 소리를 흘렸다.

진검룡이 어떻게 하는지 똑똑히 보려고 눈도 깜빡이지 않았는데 와평이 본 것은 거의 없었다.

그가 본 것은 하강하던 진검룡이 두 발로 무사들의 도검 몇 자루를 가볍게 차서 날리는 것과, 무사들 한복판에 내려섰다가 다시 번쩍 신형을 날려 포구의 나무 구조물 쪽으로 쏘아간 것뿐이다.

아니, 그가 무사들 사이에 아주 짧은 순간 내려섰을 때 그의 모습이 흐릿해졌던 것 같기도 하다.

어쨌든 무사들 십여 명, 아니, 정확하게 열두 명은 앞다투어 한꺼번에 쓰러졌는데, 이후 꿈틀거림도 없이 잠잠했다.

와평이 쳐다보니 무사 열두 명 중에 여섯 명은 도검에 미간 한복판이 깊숙이 찔렸으며, 나머지 여섯 명은 아무런 상처도 없는 것 같았다.

진검룡이 두 발로 찰나지간에 쳐낸 도검이 여섯 자루나 된다는 사실은 실로 경악할 만한 일이었다.

그렇지만 그 도검들이 하나같이 여섯 무사의 미간에 꽂혔다는 사실은 아예 입에 거품을 물고 졸도할 일이었다.

게다가 그토록 짧은 시간에 나머지 여섯 명을 어떻게 했기에 상처조차 없이 거꾸러졌단 말인가.

"맙소사……."

와평은 일어날 생각도 하지 못한 채 그 광경을 보면서 얼굴이 사색이 되었다.

진검룡의 경공술을 보고 그가 뛰어난 고수일 것이라고 짐작했었는데, 그것은 그의 극히 일부분만 본 것일 뿐이었다.

방금 와평이 본 광경은 분타주 아니라 그 할아버지라고 해도 흉내조차 내지 못할 절묘한, 그리고 굉장한 솜씨다.

그리고 그는 그것이 또한 진검룡의 극히 일부분일 것이라는 생각을 하자 오금이 저리고 온몸이 부들부들 떨렸다.

그는 비틀거리면서 포구 쪽으로 걸어가며 진검룡의 모습을 찾아보았다.

"뭐, 뭐야?"

순간 그는 멈칫하며 얼굴 가득 대경실색을 떠올렸다.

진검룡이 강 위에 떠 있었다. 아니, 날아가고 있는 중이었다.

그가 향하고 있는 방향에는 포구를 떠난 배가 돛을 활짝 편 채 하류 쪽으로 미끄러지고 있었다.

포구에서 배까지의 거리는 자그마치 삼십여 장이다. 인간이 새가 아닌 이상 삼십여 장을 날아갈 수는 없다.

그런데 포구에서 도약한 진검룡은 이미 십여 장까지 날아가고 있었다.

하지만 그것이 한계다. 그의 몸이 포물선을 그으며 빠르게 아래로 하강했다.

와펑은 진검룡이 강물에 빠지는 볼썽사나운 꼴을 보게 될 것이라고 생각했다.

하지만 그가 지금까지 보여준 것만으로도 경악할 만한 일이다. 여기에서 뭔가를 더 보여준다면 와펑은 아예 혼절하고 말 것이다.

"……!"

그런데 바로 그 순간, 와펑이 혼절할 만한 일이 벌어졌다.

진검룡이 강물 수면에 한 자쯤 하강했을 때 갑자기 그의 몸이 팽팽하게 당겼던 활시위에서 쏘아 나간 화살처럼 다시 비스듬히 허공으로 솟구쳐 오르는 것이 아닌가.

사실은 하강하던 진검룡이 오른쪽 발끝으로 왼쪽 발등을 힘껏 딛는 것과 동시에 박차고 쏘아 오른 것이지만, 와펑의 눈에 그것이 보일 리가 없다.

와펑은 머릿속이 텅 비어서 아무 생각도 나지 않았다. 그저 흐리멍덩한 표정으로 진검룡을 쳐다보고 있을 뿐이다.

그가 보고 있는 사이에 진검룡은 두 차례 더 하강하고 솟구

치더니 드디어 배의 갑판에 사뿐히 내려섰다.

"으으… 조장은 사람이 아니다……."

털썩!

와평은 물이 질펀한 진흙 바닥에 그냥 퍼질러 앉았다.

진검룡이 갑판에 내려서자 배에 있던 장한들이 일제히 물로 뛰어들어 도망쳤다.

장한들은 진검룡이 배를 향해 날아오는 것을 보고 놀랐는데, 설마 배까지 날아오랴 싶어서 방심하고 있다가 혼비백산하여 도망친 것이다.

그때 마침 배의 선실 안에 있던 세 명의 장한이 뛰어나오더니 미친 듯이 강으로 달려갔다.

순간 진검룡이 근처 바닥에 있는 밧줄을 집어 그중 한 명의 장한에게 던졌다.

휘리릭!

"억!"

쿠당!

밧줄은 장한을 꽁꽁 묶어서 바닥에 내팽개쳤다.

그러나 다른 두 명의 장한은 강으로 뛰어들어 동료들과 함께 강기슭으로 헤엄쳐 갔다.

진검룡은 즉시 선실로 들어가 조타(操舵)를 조종하여 배를 강기슭으로 몰았다.

"와평!"

배가 강기슭에 닿기 전에 진검룡이 큰 소리로 불렀으나 와평은 혼이 나가 있는 상태라서 퍼질러 앉은 자세에서 꼼짝도 하지 못하고 대답도 할 수 없었다.

  할 수 없이 진검룡은 배가 강기슭에 닿자 자신이 직접 밧줄을 잡고 기슭으로 뛰어내려 밧줄을 굵은 나무에 묶어 배가 움직이지 않도록 했다.

  이어서 다시 배에 올라 선실을 뒤져 보았다. 하지만 예상했던 소수민족 여자들의 모습은 보이지 않았다.

  잠시 귀를 기울인 그는 갑판 아래쪽에서 여자들의 숨소리와 신음 소리가 들려오는 것을 감지했다.

  주위 바닥을 살펴보자 선창으로 내려가는 통로를 막아놓은 뚜껑이 발견됐다.

  그가 뚜껑을 열고 즉시 아래로 달려 내려가자 굳게 닫혀 있는 하나의 철문이 나타났다.

  우둑!

  철문 고리에 걸려 있는 묵직한 자물쇠를 한 손으로 잡고 슬쩍 힘을 주니까 수수깡처럼 부러졌다.

  그긍!

  철문이 활짝 열리고 안에서 지독한 악취가 왈칵 풍겨졌다.

  선창 안은 빛 한 점 없이 캄캄했으나 그는 그곳에 삼십여 명의 소수민족 여자들이 잔뜩 겁에 질린 표정으로 한데 모여 웅크리고 앉아 있는 모습을 발견했다.

실로 참담한 광경이다. 여자들은 납치된 이후 한 번도 씻지 않은 상태라서 지저분하기 짝이 없었다.

여자들은 한 달에 한 번 월경도 하는데 그대로 방치해서 대부분 하체가 피투성이였다.

철문이 열리자 여자들은 공포에 질려서 굼틀거리면서 안쪽으로 모여들었다.

"조, 조장님!"

그때 위쪽에서 와평의 목소리가 들리더니 곧 그가 나타났다. 뒤늦게 정신을 차리고 허겁지겁 달려온 것이다.

"소수민족 말을 아느냐?"

"조금 합니다."

"이 여자들에게 잘 설명해라."

"알… 겠습니다."

와평은 진검룡을 마치 황제를 대하듯 이마가 바닥에 닿을 듯이 꾸벅 허리를 굽혔다.

이어서 와평이 여자들에게 더듬거리면서 그네들 언어로 뭔가를 설명했다.

한순간 여자들이 와아! 하고 함성을 지르더니 곧 울음을 터뜨렸다.

그녀들은 이제 살았다는 생각에 서로 얼싸안고 몸을 비비면서 기쁨의 통곡을 했다.

그 광경을 보면서 와평의 쭈글쭈글한 얼굴에도 눈물이 흘러내렸다.

그는 지금까지 살아오면서 이처럼 감격적인 광경을 처음 보았다.

그리고 자신이 이 여자들을 구하는 일에 터럭만큼이라도 보탬이 됐다는 사실에 가슴이 터질 것 같은 희열을 느꼈다.

또한 그런 희열은 그가 살아오면서 맛보았던 그 어떤 것보다도 값진 것이었다.

칠흑 같은 밤.

두두두두…….

한 대의 마차가 진원분타 안으로 육중하게 굴러 들어갔다.

그 마차는 얼마 전에 한매궁에서 나왔는데, 지금은 진원분타로 들어갔다.

마차의 마부석에는 진검룡이 앉았고, 그 옆에 앉은 와평이 말고삐를 잡고 마차를 몰고 있었다.

마차는 곧장 진원분타 뒤쪽의 추혼향처 쪽으로 향했다.

이윽고 마차가 멈춘 곳은 창룡당 수하들이 공용으로 사용하는 공동 욕탕이었다.

덜컹!

마차 문이 열리고 소수민족 여자들이 서로 부축하면서 조심스럽게 내렸다.

와평이 공동 욕탕 문을 활짝 열어놓고 뭐라고 설명하자 여자들이 줄지어 안으로 들어갔다.

진검룡은 잘 걷지 못하는 여자를 안고, 또 한 명은 등에 업고 욕탕으로 향했다.

그는 자신의 몸에 여자들의 썩은 피와 더러운 오물이 묻는 것도 아랑곳하지 않고 친절하게 그녀들 속에 섞여서 함께 행동을 했다.

문 옆에 서 있는 와평은 그 모습을 보면서 문득 가슴속 깊은 곳에서 울컥 뜨거운 것이 치밀었다.

감동이다.

'저분은… 우리 조장님은… 정말… 키힝……!'

그는 속으로 하는 말조차 제대로 잇지를 못하고 쏟아지는 눈물과 콧물을 손등으로 닦았다.

*   *   *

한매궁주 한매선, 아니, 고선의 눈이 샐쭉해졌다.

"그으래?"

"네. 지금까지 드린 말씀은 전부 사실이고 또 극비입니다, 한매선님."

커다랗고 화려하며 푹신한 호피의에 늘씬한 몸을 파묻고 있는 고선은 두 손을 깍지 끼고 턱 밑에 붙인 채 엄지손가락을 까딱거리면서 턱을 가볍게 두드렸다.

그녀의 다섯 걸음 앞에는 진원분타 창룡당주인 대력철간 전술과 추혼향주 추혼도 양구, 그리고 탈혼조장 호태곤이 나란히 서 있었다.

세 사람은 마치 여왕 면전에 서 있는 듯 더없이 공손한 자세를 취하고 있었다.

진원분타주 검룡세 강무교가 곤명성으로 떠나고 난 뒤 전술은 양구와 호태곤을 불러 오랜 시간 동안 은밀하게 밀담을 나누었다.

아니, 밀담이라기보다는 전술이 양구와 호태곤에게 일방적으로 자신의 주장을 설명한 것이다.

말인즉, 한매선을 건드려선 안 된다는 것이다. 그러면 곤명지부가 가만히 있지 않을 것이며, 하급 조직인 진원분타는 사면초가의 위기에 처하게 되는 것은 당연지사다.

전술은 또, 분타주 강무교는 정의감이 강한 사람이라서, 남랑곡 산적들의 몰살을 치하하는 자리에서 진검룡이 한매궁 얘기를 하자 즉흥적으로 허락한 것뿐이지만, 나중에 곤명지부가 문책이나 보복을 감행하면 그때 가서 땅을 치고 후회할 것이라고 그럴듯하게 설명했다.

그러니까 우리는 수하 된 도리로서 분타주가 위기에 처하게 되는 것을 사전에 예방해야지 않겠는가라고 전술은 양구와 호태곤을 설득했다.

그래서 양구가 어떻게 하면 좋겠느냐고 묻자, 전술은 꽤 오래 고민하는 것 같더니 이윽고 몹시 괴로운 표정으로 이렇게 말했었다.

"어쩔 수가 없네. 이 사실을 한매선에게 미리 알려서 그녀에게 피해가 가지 않도록 하는 것이 좋겠네. 그렇다면 그녀도 구태여 곤명지부에 이 사실을 알리지 않을 테고, 선처를 호소한다면 분타주도 무사할 것일세. 어쩌겠나? 이게 다 분타와 분타주를 위한 길인 것을."

그렇게 해서 세 사람은 일과 후 밤이 되기를 기다렸다가 은밀히 고선을 찾아왔던 것이다.

전술은 고선의 눈치를 살피면서 두 손을 앞에 모으고 굽실거리며 입을 열었다.

"한매선님, 아무쪼록 저희 분타주에게는 피해가 가지 않도록 잘 선처해 주십시오. 네."

고슴도치 수염에 범강장달이처럼 우락부락한 외모의 전술이 굽실거리면서 아첨을 하는 모습은 보기에도 민망했다.

고선은 그의 말을 들었는지 말았는지 눈을 지그시 감고 깊은 생각에 잠겨 있다.

만약 아까 오후에 한매궁에서 나간 마차에 타고 있던 소수민족 여자들을 진검룡이 이미 구했다는 사실을 고선이 알게 된다면 지금처럼 여유를 부리지 못할 것이다.

양구는 땀을 뻘뻘 흘리고 있었다. 그는 오고 싶지 않았는데 존경하는 창룡당주가 가자고 하니까 어쩔 수 없이 같이 오긴

했는데 좌불안석 너무 불편했다.

또한 고선처럼 굉장한 인물, 아니, 여자를 바로 면전에서 보게 되니까 저절로 긴장이 됐다.

호태곤은 처음부터 반짝반짝 눈을 빛내면서 자신에게도 기회가 올까 노리고 있는 중이었다.

그는 출세제일주의자다. 진원분타든 한매궁이든 높은 지위에서 돈 잘 벌고 떵떵거리면 그로써 족하다.

그래서 그는 남랑곡 사건 직후에 혼자서 슬그머니 고선을 찾아왔었던 것이다.

그녀에게는 남랑곡의 일을 모두 솔직하게 털어놓았다. 진원분타에는 얼렁뚱땅 통하는 거짓말도 그녀에게는 절대 통하지 않는다.

그녀의 정보망은 진원현만이 아니라 운남성에서도 방대하고 정확하기로 소문나 있다.

호태곤이 고선을 찾아온 것은 두 가지를 동시에 노렸기 때문이다.

한 가지는, 고선이 진검룡을 영입할 때 호태곤 자신도 은근슬쩍 묻어가려는 의도였다.

한매궁에서 하다못해 문지기를 하더라도 대우가 진원분타보다는 훨씬 낫다.

또 한 가지는, 만약 고선이 진검룡만 영입할 경우에는 진원분타에서 진검룡을 떨쳐 낼 수 있게 된다.

잘난 놈이 바로 옆에 있으면 호태곤 같은 위인은 빛을 볼수가 없다. 그러므로 진검룡 같은 놈은 일찌감치 쳐내는 것이 좋다.

"이렇게 하면 어떨까?"

이윽고 고선이 장고(長考)를 끝내고 말문을 열었다. 그녀의 목소리는 살얼음이 깨지는 듯 카랑카랑하면서도 약한 쇳소리가 섞여 있어서 얼핏 들으면 겨울바람 소리 같다.

전술과 호태곤은 긴장한 표정으로 귀를 바짝 세웠고, 양구는 갑자기 십 년은 늙은 듯 퀭한 눈으로 고선을 쳐다보았다.

고선은 희고 긴 손가락 두 개를 세우며 입술 끝으로만 살며시 미소 지었다.

"두 가지 방법이 있어."

세 사람 다 이 순간만큼은 고선이 무지하게 아름답다는 생각을 하고 있었다.

확실히 고선은 아름다웠다. 단지 북풍한설처럼 차갑고, 칼날처럼 예리하며, 창끝처럼 뾰족한 아름다움이라서 감히 건드리지 못할 뿐이다.

그녀는 자신의 아름다움을 잘 알고 있으며, 그것을 마음껏 뽐내기를 좋아한다.

하지만 누군가가 자신을 조금 오래 쳐다보기라도 하면 치도곤을 내버리기도 하는 이중성을 지니고 있었다.

"경혼조장을 죽여서 머리를 가져오던가 아니면 제압해서

내 앞에 끌고 와."

너무 뜻밖의 말이라서 세 사람은 적잖이 놀란 얼굴로 고선을 쳐다보았다.

그러나 고선은 아랑곳하지 않았다.

"그렇게 하면 곤명지부의 큰 오라버니에게 이 사실을 알리지 않겠어. 그리고 강무교도 건드리지 않겠다고 약속하지."

"한… 매선님, 그것은……."

전술이 목구멍에 커다란 생선 가시가 걸린 듯한 얼굴로 더듬거렸다.

고선은 상대의 말은 아예 듣지 않고 자신의 말만 하는 버릇이 있었다.

"경혼조장의 머리를 가져오는 자는 은자 만 냥, 제압해서 끌고 오면 은자 이만 냥을 주겠다."

"……."

순간 세 사람은 입을 떠억 벌렸다. 분타주 강무교가 진검룡에게 상금으로 은자 천 냥을 하사했을 때 입안에 침이 가득 고였던 그들이다.

그런데 은자 만 냥, 그리고 이만 냥이라니……. 기절초풍을 할 어마어마한 금액이다.

고선은 다리를 꼬면서 가장 아름다운 자태와 모습을 뽐내면서 마무리를 했다.

"그놈의 머리를 가져오던가 아니면 제압해서 끌고 오지 않으면 이 일을 기필코 문제 삼을 거야."

*   *   *

진검룡과 와평은 목욕을 끝낸 소수민족 여자들에게 헌것
이지만 깨끗이 빤 옷을 한 벌씩 주고, 식당으로 데려가서 배
불리 식사를 시켰다.

이어서 그녀들에게 추혼향처의 경혼조 편좌방을 내주어
그곳에서 당분간이나마 편히 쉬도록 해주었다.

"여자들에게 말해라, 곧 살던 곳으로 돌려보내 주겠다고."

목욕을 하고 옷을 갈아입어서 해말끔해진 여자들이 옹송
그리고 모여 앉아 있는 광경을 보면서 진검룡이 와평에게 지
시했다.

와평이 그 말을 그네들 언어로 전하자 여자들은 한꺼번에
울음을 터뜨렸다.

그리고는 진검룡과 와평을 향해 엎드려 무수히 이마를 바
닥에 찧으며 절을 올렸다.

그 광경을 보면서 와평은 또 콧날이 시큰해지고 눈이 붉어
졌다.

그는 자신이 눈물이 많다는 사실을 이번 일을 겪으면서 처
음 알게 되었다.

그가 힐끗 진검룡을 쳐다보자 깊이 눌러쓴 방갓 아래 그의

표정은 조금도 변함이 없었다.

그의 옆모습을 바라보는 와평의 머릿속에는 여러 가지 많은 생각들이 복잡하게 얽혀들었다.

하지만 한 가지만은 분명하게 알 수 있었다.

와평 자신이 숨이 끊어질 때까지 따라야 할 사람이 있다면, 그가 바로 진검룡이라고.

"파, 파경채입니다요."

겁에 질린 장한은 와평이 묻자 모든 것을 체념한 듯 더듬거리면서 대답했다.

그 장한은 진검룡이 소수민족 여자들을 구할 때 배에 있다가 도망치려는 것을 밧줄로 묶어서 붙잡은 자이다.

"파경하에서 날뛰는 수적 무리입니다."

와평이 진검룡에게 공손히 설명했다.

이어서 와평은 장한, 즉 파경채 수적에게 중요한 몇 가지를 더 물었다.

수적에게 알아낸 사실을 정리하면 이렇다.

파경채는 파경하와 하류 난창강 주변의 소수민족들을 약탈하면서 동시에 젊고 예쁜 여자들을 납치하여 일정한 머릿수가 채워지면 은밀하게 한매궁으로 보내왔었다.

그리고 여자 한 명당 은자 열 냥씩 받았으며, 그녀들을 배로 운송해 주는 대가로 오십 냥의 은자를 따로 받아왔다.

파경채가 여자들을 요국과의 접경 지역까지만 운송하면 그곳에서 미리 대기하고 있던 또 다른 배가 여자들을 인계받는데, 그들이 누군지 또 어디로 가는지는 모른다.

심문을 마친 진검룡은 파경채 수적의 혈도를 제압하여 경혼조장 집무실 구석에 가두었다.

"누워봐라."

진검룡이 불쑥 말하자 와평은 의아한 표정을 지으면서도 토를 달지 않고 경혼조장 집무실 바닥에 반듯하게 누웠다.

평소 같으면 어림도 없는 일이다. 하지만 진검룡에 대한 존경심, 아니, 경외심(敬畏心)이 너무도 커서 순순히 그가 시키는 대로 하는 것이다.

그렇지만 진검룡이 묵묵히 와평의 온몸을 쓰다듬듯이 만지자 그는 자신도 모르게 몸을 움츠렸다.

"뭐… 하시는 겁니까?"

"자네 체질을 바꿔주겠다."

"네?"

"돌아누워라."

와평은 크게 놀라면서도 진검룡이 시키는 대로 했다.

그러나 체질을 바꿔주다니, 오랜 세월 동안 온갖 고생을 해오는 과정에 지금처럼 틀이 잡혀 버린 체질을 어떻게 인간의 능력으로 바꿀 수가 있단 말인가.

그렇게 생각하다가 와평은 생각을 고쳐 먹었다. 진검룡은 상상을 초월하는 능력을 갖고 있기 때문에 정말 체질을 바꿀 수 있을지 모른다고 생각했다.

뚜두둑!

"으악!"

그때 진검룡이 등허리 부분을 누르자 뼈 부러지는 소리가 터지며 와평이 자지러지는 비명을 터뜨렸다.

뿌각!

"끄아악!"

그러나 그것은 시작에 불과했다. 진검룡의 두 손이 허리에서 등으로 훑어 올라가며 현란하게 움직이자 와평은 방금 전보다 몇 배나 더 극심한 고통에 죽는다고 비명을 질렀다.

사실 진검룡은 와평을 처음 보는 순간 그가 실제 나이보다 많이 겉늙었다는 사실을 간파했었다.

그의 나이는 삼십팔 세인데 몸의 나이는 육십대 노인이나 다름이 없다.

그만큼 고생을 많이 했기 때문이고, 젊었을 때 한동안 아편(阿片)에 중독돼서 지냈던 것이 더 큰 이유였다.

더구나 그는 구부정하게 걷는 것이나 앉아 있는 자세 따위가 좋지 않아서 뼈가 많이 휜 상태다.

진검룡은 추궁과혈 수법으로 와평의 굽은 뼈를 바로잡아 주는 한편, 두 손바닥으로 음유한 진기를 주입시켜 그의 체내에 가득 차 있는 탁한 기운을 몰아내고 있는 것이다.

탁한 기운은 오래전에 빠져 있었던 아편의 독기(毒氣)와 오랜 세월 동안 제대로 먹지 못하고 편하게 쉬지 못한 것 때문에 생긴 응기(凝氣)를 말함이다.

"으아아—!"

와평의 처절한 비명 소리는 일각 동안이나 경혼조장 집무실에서 흘러나왔다.

진검룡은 와평에게 소수민족 여자들을 잘 돌보라고 이른 후에 무악네 주루로 돌아왔다.

문 여는 소리에 집 안에 있던 옥청이 부리나케 달려나와 진검룡을 맞이했다.

그녀는 진검룡이 이 집에서 묵게 된 이후 그가 출타할 때나 돌아올 때 꼭 나와서 배웅을 하고 또 마중을 해주었다.

그것은 마치 아내가 남편을 마중하는 듯한 모양새였으나 진검룡은 그것에 대해서 별말이 없었고, 옥청은 쑥스러워하면서도 그만두지 않았다.

실상 진검룡은 나이보다 조금 더 들어 보이고, 옥청은 제 나이보다 훨씬 어리게 보인다.

진검룡이 나이보다 더 들어 보이는 것은 그가 지니고 있는 위엄과 무표정, 그리고 패도적인 기도 때문이었다.

그래서 모르는 사람이 본다면 두 사람은 비슷한 나이로 여길 수도 있었다.

또한 어찌 보면 잘 어울리는 한 쌍의 부부처럼 보이기도 할 터이다. 과묵하지만 다정한 남편과 아름다우며 복종적인 부인의 모습 말이다..

"이제 오세요?"

옥청이 두 손을 앞에 모으고 사근사근하게 말하자 진검룡은 가볍게 고개를 끄덕였다.

그때 옥청이 손을 내밀면서 조심스럽게 말했다.

"집에 돌아오시면 방갓을 벗도록 하세요."

아무 뜻도 없이 한 말인데 진검룡은 슬쩍 고개를 들고 방갓 아래로 옥청을 쳐다보았다.

"아… 죄송해요, 제가 주제넘게…….."

옥청은 진검룡의 쏘는 듯 날카로운 시선을 접하고 후드득 가녀린 몸을 떨며 급히 고개를 숙였다.

진검룡이 묵묵히 쳐다보기만 하자 옥청은 어쩔 줄을 몰라 하고 허둥거렸다.

"저… 녁은 드셨어요? 목욕물… 부터 준비할까요?"

진검룡은 그녀를 쏘아본 것이 아니다. 그의 원래 눈빛이 그렇기 때문에 어쩔 수가 없었다.

슥―

그때 진검룡이 방갓을 벗어 옥청에게 내밀었다.

"아……!"

옥청은 깜짝 놀라 그를 바라보더니 두 손으로 공손히 방갓을 받았다.

그러는 그녀의 몸이 가늘게 떨렸고 두 눈에는 눈물이 핑 돌았다. 감격한 것이다.

"식사는 됐소."

진검룡은 한마디 툭 던지고는 별채로 성큼성큼 걸어갔다.

옥청은 얼른 눈물을 닦고 조심스럽게 그의 뒤를 따랐다.

진검룡이 별채로 들어가자 옥청은 깊이 고개를 숙여 인사를 했고, 그가 문을 닫자 그제야 돌아섰다.

"사부님, 오셨습니까?"

별채 마루에서 줄곧 심법 구결을 외우고 있던 무악과 미미, 주소영은 진검룡이 들어서자 일제히 자리를 박차고 일어나 깊이 허리를 굽혔다.

"어찌 되었느냐?"

진검룡의 물음에 무악은 밝은 표정이고, 주소영과 미미는 우물쭈물했다.

"제자는 간신히 다 외웠습니다."

밝은 표정의 무악이 겸연쩍은 듯 공손히 대답했다.

"너무 어려워요. 하루만 시간을 더 주세요."

"내일 아침까지면 다 외울 수 있을 거예요."

미미는 앓는 소리를 했고, 주소영은 붉고 예쁜 입술을 내밀며 투덜거리듯 말했다.

진검룡이 가르쳐 준 심법은 자령심공(紫靈心功)이라는 것이며, 무림에서 그것을 익힌 사람은 진검룡과 사매 백소운, 그리고 사부, 세 사람뿐이다.

　물론 자령심공은 진검룡 사문의 독문심법이기 때문에 진검룡과 백소운, 사부만 알고 있는 것이었다.

　진검룡과 백소운은 세 종류의 심법을 익혔는데, 자령심공은 그중에서 가장 쉽다.

　하지만 자령심공이 지닌 효능과 위력은 무림의 여타 심법들하고는 근본적으로 차원이 다르다.

　진검룡은 무악을 보면서 담담히 고개를 끄덕였지만, 내심 적잖이 놀랐다.

　보통 사람이라면 외우는 데만 닷새 이상 걸려야 하는 심법 구결이거늘, 무악은 한나절 만에 외워 버린 것이다.

　더구나 주소영은 내일 아침까지 시간을 더 달라 하고, 미미는 하루만 더 연장해 달라고 한다.

　말하자면, 주소영은 만 하루가 못 돼서 다 외울 수 있다는 것이고, 미미는 하루 한나절이면 외울 수 있다는 뜻이었다.

　셋 중에서 무악의 기억력이 가장 뛰어나고, 그다음이 주소영, 그리고 미미가 마지막이다.

　하지만 주소영과 미미는 보통 사람들보다 기억력이 서너 배는 더 뛰어나다는 뜻이었다.

자시(子時:자정).

잠시 쉰 진검룡은 진원분타로 가기 위해서 방을 나왔다.

그때까지도 세 명의 제자는 별채 마루에서 자령심공 구결을 외우고 있는 중이었다.

무악은 밤을 새워서 구결을 해석해 보겠다고 아예 자리를 잡고 앉았다.

주소영은 눈에 쌍심지를 돋우고 진검룡이 적어준 종이의 구결을 쏘아보고 있었다.

고생이라고는 모르고 자란 미미는 졸음을 쫓으려고 자신의 뺨을 때려가면서 애를 쓰고 있었다.

진검룡은 그 모습이 안쓰러워서 그녀를 살며시 안아다가 자신의 침상에 눕혀주었다. 그러자 그녀는 배시시 미소를 짓더니 이내 잠들어 버렸다.

밤늦은 시각이지만 진검룡이 별채를 나서면서 일부러 작은 기척을 내자 옥청이 방갓을 조심스럽게 두 손으로 쥐고 급히 달려나왔다. 방갓이 아니라면 일부러 기척을 내지는 않았을 것이다.

"나가시게요?"

"음. 기다리지 말고 자시오."

두 사람의 대화는 여느 부부의 그것과 다르지 않았다.

진검룡이 방갓을 받아서 쓰고 문을 나서자 옥청은 골목을 따라 나와 큰길에 서서 그가 걸어가는 뒷모습을 하염없이 바라보았다.

진검룡은 무정하게 한 번도 뒤돌아보지 않았으나, 옥청은 그의 모습이 어둠 속에 완전히 파묻히고 나서도 한동안 그 자리에 서 있었다.

돌아서는 옥청의 잘 익은 능금처럼 얼굴이 발그레하다. 그녀의 마음속에서는 이미 진검룡이 남편이라도 된 듯하다.

진검룡이 도착했을 때 와평은 진원분타의 뒷문을 열어놓고 누군가를 기다리고 있었다.

두 사람이 나란히 서 있고 나서 이각쯤 지났을 때 제일 먼저 낭랑이 뛰어들어 왔다.

그녀는 흡사 진검룡의 별채에서 이제 막 자고 일어난 모습을 하고 있었다.

또한 옷이 마구 찢어졌으며 흙투성이에다가 머리와 몸에 검불이 많이 묻어 있었다.

"학학학… 나 죽어……!"

낭랑은 진검룡을 발견하고 곧장 달려오다가 비틀거리더니 그대로 앞으로 고꾸라졌다.

진검룡이 가볍게 붙잡고 부축하자 그녀는 그의 품에 안겨서 해쓱한 안색으로 할딱거렸다.

"학학학… 나… 잠시도 쉬지 않고… 다녀왔어……. 잘했지?"

"잘했다."

진검룡은 담담히 그녀의 등을 토닥거렸다.

"학학… 그럼 나… 조장 말 훔쳤던 거… 이제 용서해
줘…… 응?"

"진작 용서했었다."

"어, 언제?"

"네가 내 조원이 됐을 때."

낭랑은 고개를 들고 어이없다는 듯한 표정으로 진검룡을
올려다보다가 맥 빠지는 표정을 지었다.

"그것도 모르고 난……. 정말 억울해……."

진검룡이 자신의 조장이 될 줄은 꿈에도 모르고 그의 말을
훔쳤다가 여태껏 혼자서 끙끙 가슴앓이를 하고 있었으니 억
울하기도 할 것이다.

"나… 너무 힘들고… 졸려… 잘래……. 조장 품속이 따뜻
하다… 좋구나……."

낭랑은 그의 가슴에 뺨을 묻고 중얼거리다가 잠이 들었다.

진검룡은 그녀가 정말 한시도 쉬지 않고 먼 길을 다녀왔다
는 사실을 알 수 있었다.

그녀는 극도로 기진맥진했으며 심장박동도, 맥도 매우 흐
릿하게 뛰고 있었다.

그때 뒷문으로 일단의 무리가 쏟아져 들어왔다.

그들은 낭랑을 따라온 사람들이며 매우 요란한 복장을 한

소수민족인데, 와평이 설명을 해줘서야 진검룡은 그들이 장족(藏族)이라는 사실을 알게 되었다.

진검룡은 낭랑을 경혼조 편좌방으로 안고 갔다. 그의 품속에 폭 안긴 그녀는 마치 새끼 새가 어미 품속에서 편안하게 곤히 자는 듯 평화로워 보였다.

"음… 나 싫어… 그러지… 마……."

그때 낭랑이 얼굴을 찡그리면서 아주 작게 잠꼬대를 했다. 그런데 그녀가 평소에 하던 잠꼬대하고는 전혀 다른 내용이었다.

"으으… 사부님… 이러지 마요……. 아악!"

그녀는 안타깝게 중얼거리다가 갑자기 날카로운 비명을 지르고는 번쩍 눈을 떴다.

그리고는 자신을 안은 채 걸어가고 있는 진검룡을 빤히 올려다보았다.

"내가… 방금 뭐라고 그랬어?"

"아니."

"그래……?"

낭랑은 추운 듯 다시 몸을 한껏 웅크린 채 그의 품속으로 파고들더니 곧 잠이 들었다.

진검룡은 그녀를 소수민족 여자들이 있는 편좌방 침상에 눕혀놓고 나왔다.

그때 동풍이 뒷문으로 헐레벌떡 달려들어 왔고, 그 뒤를 처음 보는 소수민족 무리가 따라 들어왔다.

"헉헉헉… 조장님, 다녀왔습니다. 보미족(普米族)입니다…….."

동풍은 간신히 보고하고는 그 자리에 털썩 주저앉았다.

이후 한 시진 동안 장관웅과 조제, 도록이 차례로 도착했으며, 그들을 따라서 세 개의 소수민족 무리가 떼 지어서 들어왔다.

그들은 각각 이족(彝族)과 백족(白族), 합니족(哈尼族)이었다.

이로써 진검룡이 다섯 부족으로 보낸 다섯 명의 조원이 모두 무사히 도착했다.

그리고 다섯 조원을 따라온 다섯 개 부족 무리는 모두 합쳐서 칠백여 명에 이르렀다.

원래 진검룡은 친필로 다섯 통의 서찰을 적어서 다섯 조원에게 주어 각자 장족과 보미족, 이족, 백족, 합니족으로 보내서 서찰을 족장에게 전해주라고 했었다.

서찰에는 그들 다섯 부족의 젊은 여자들이 감금되어 있는 곳을 알고 있으니까 각 부족의 청년들을 다수 이끌고 다섯 조원들을 따라오면 각 부족의 여자들을 되찾을 수 있을 것이라는 내용이 적혀 있었다.

약간의 시간이 흘러 네 명의 조원은 기력을 다소 회복하고 일어서더니 진검룡 옆에 서 있는 낯선 사내를 보며 의아한 표정을 지었다.

"조장님, 이 사람은 누굽니까?"

낯선 사내는 삼십대 중반의 나이에 키가 훤칠하게 크고 둥근 얼굴을 지녔으며, 살결이 뽀얗고 검은 머리를 정갈하게 묶은 근사한 외모를 지녔다.

"하하하! 날세!"

낯선 사내가 기분 좋게 웃으며 손으로 자신의 가슴을 쳐 보였다.

"누구……?"

하지만 네 명의 조원은 생전 처음 보는 사람이라서 고개를 갸웃거렸다.

낯선 사내는 빙그레 미소 지으며 목을 움츠리고 어떤 목소리를 흉내 냈다.

"여보게들, 경혼조의 이 큰형님 목소리도 잊었단 말인가?"

"아!"

"앗! 와평!"

그러자 네 명의 조원은 깜짝 놀라 소리쳤다. 낯선 사내의 목소리는 영락없는 와평이었기 때문이다.

와평은 더없이 고마운 표정으로 진검룡을 바라보았다.

"조장님께서 내게 하늘 같은 은혜를 베풀어주셨다네."

도대체 진검룡이 무슨 은혜를 베풀었기에 오륙십대로 보이던 와평이 반로환동을 한 것처럼 순식간에 젊어진 것인지

네 명의 조원은 어안이 벙벙한 표정들이다.

그러나 그들에겐 의문을 풀 기회가 주어지지 않았다.

추혼향처에서 소수민족 여자들이 비명을 지르면서 줄지어 달려나오고 있었기 때문이다.

편좌방에서 자고 있는 낭랑이 엄청나게 코를 고는 바람에 여자들이 참지 못하고 달려나온 것이다.

오죽하면 한매궁의 삭막한 뇌옥에서도 참고 견뎠던 소수민족 여자들이 낭랑의 코 고는 소리를 참지 못하고 뛰어나왔겠는가.

그때 장내에는 한바탕 소란이 벌어졌다.

한쪽에 모여 대기하고 있던 다섯 부족의 무리들과 추혼향처에서 뛰어나온 여자들이 눈물의 상봉을 하고 있는 것이다.

와평과 네 명의 조원은 그 광경을 보면서 흐뭇한 표정을 지었다.

먼 길을 다녀온 네 명의 조원은 그 광경을 보자 쌓였던 피로가 씻은 듯이 사라지는 것을 느꼈다.

＊　　＊　　＊

다음날 아침.

동이 틀 즈음에 한매궁의 전문을 열던 두 명의 무사는 혼비백산하고 말았다.

전문 앞 대로에 요란하고 괴상한 복장을 한 소수민족 여러 부족들의 수백 명이 구름처럼 운집해 있는 광경을 목격했기 때문이다.

두 명의 한매궁 무사는 전문을 열다 말고 다시 닫고는 구르듯이 안으로 달려들어 갔다.

『대중원』3권에 계속…

저작권 보호!!
장르문학의 성장에 힘이 되어주십시오.

저작물의 무단 전재와 복제, 불법 다운로드!
이것은 관심이 아니라 무관심입니다!

작가님들은 창의적 열정과 시간을 투자해 자신의 꿈과 생계를 유지합니다.
한 권의 책을 만들어 많은 사람들은 자신의 인생과 미래를 설계합니다.

저작물 속에는 여러 사람의 노력과 희망이
담겨 있습니다!

저작물의 무단 전재와 복제, 불법 다운로드는 여러 사람들의 꿈과 생계를
위협함으로써 장르문학을 심각한 상황에 빠뜨리고 있습니다.

이제는 무관심이 아니라 관심으로 장르문학의
성장에 힘이 되어주세요.

[도서출판 **청어람**은 항시적인 저작권 보호를 통해 장르문학과
여러분의 희망을 지키겠습니다.]

저작물의 무단 전재와 복제, 불법 다운로드는 법률에 의해 처벌받을 수 있습니다.
저작권법 제97조의5 (권리의 침해죄)
저작재산권 그 밖의 이 법에 의하여 보호되는 재산적 권리(제73조의 4의 규정에 의한 권리를
제외한다)를 복제·공연·방송·전시·전송·배포·2차적 저작물 작성의 방법으로 침해한
자는 5년 이하의 징역 또는 5천만 원 이하의 벌금에 처하거나 이를 병과(동시에 두 가지 이상의
형벌을 지우는 일)할 수 있다.

도서출판
청어람

조종호 新무협 판타지 소설 ·

十變化身
십변화신

"너는 죽는다."

".......!"

뇌서중은 자신도 모르게 번쩍 고개를 치켜들어 뇌력군을 올려다봤다.

"다시 말해주랴? 난호가 망혼곡에 들어가면 네놈은 반드시 죽는다."

비밀에 싸인 중원 최고의 살수문파 망혼곡(忘魂谷).
그곳에서 십 년 만에 돌아온 화사평은 기억을 지우고
평화로운 삶을 꿈꾸지만,
주위엔 가문을 위협하는 자들이 존재하고 있었으니……

그의 손엔 망혼곡 삼대기문병기
용편검(龍鞭劍), 명혼기수(冥魂起手), 엽섬비(葉閃匕).
얼굴엔 서로 다른 열 개의 괴이한 가면.

망혼곡주 십변화신!
그가 일으키는 폭풍의 무림행!

Book Publishing CHUNGEORAM

유행이 아닌 자유추구 -
WWW.chungeoram.com

백야 新무협 판타지 소설

취불광도

「무림포두」, 「염왕」의 작가 백야!
그가 칠 년 동안 갈고닦아 온 역작 「취불광도」!

강호 일신(一神), 검신 한담(邯鄲).
오직 검 한 자루로 무림을 지배하고 다스리는 인물.
강호를 지배하는 또 하나의 손, 또 하나의 검……

기이한 파계승의 손에서 자란 나정은 스승과 함께 떠난 무림행에서
이십 년 전의 혈난을 만들어낸 금단의 무공을 만나게 되고……

그에게 잠재되어 있던 거대한 힘이 운명의 안배에 따라 깨어난다!

어린 동자승, 나정이 만들어가는 무림 기행!
또 하나의 전설이 이제 시작된다!

Book Publishing CHUNGEORAM

유행이 아닌 자유추구 -
WWW.chungeoram.com